도리언 그레이의 초상 1

도리언 그레이의 초상 1

초판 1쇄 발행 2020년 1월 30일
초판 2쇄 발행 2024년 7월 31일

지은이 오스카 와일드
옮긴이 하소연
펴낸이 남기성

펴낸곳 주식회사 자화상
인쇄,제작 데이타링크
출판사등록 신고번호 제 2016-000312호
주소 경기도 고양시 덕양구 꽃마을로 34, 1006호,1007호(향동동, DMC스타팰리스)
대표전화 (070) 7555-9653
이메일 sung0278@naver.com

ISBN 979-11-90298-44-5 04840
      979-11-90298-43-8 (SET)

도리언 그레이의 초상 1

오스카 와일드 지음

하소연 옮김

자화상

차례

서문

예술가는 아름다운 것들의 창조자다.

예술을 드러내고 작가는 감추는 것이 예술의 목표다.

비평가란 아름다운 것에서 받은 인상을 다른 방식이나 새로운 소재로 변화시킬 수 있는 사람이다. 그중에서도 최고이자 최악의 형식은 자서전과 같은 양식이다.

아름다운 것들에서 추한 의미를 찾아내는 사람은 매력이라고는 없는 타락한 사람이며 이런 행위는 잘못이다. 아름다운 것에서 아름다운 의미를 찾아내는 사람은 교양인으로 이런 사람들에게는 희망이 있다.

그들은 선택받았다. 그들에게 아름다움이란 순수하게 아름다움만을 의미한다.

도덕적인 책이나 부도덕적인 책은 존재하지 않으며 잘

쓴 책, 잘 쓰지 못한 책 두 가지로 나뉠 뿐이다. 단지 그뿐이다.

리얼리즘에 대한 19세기의 혐오는 노예 칼리반이 거울에 비친 자신의 얼굴을 보며 느끼는 분노와도 같다. 반대로 낭만주의에 대한 19세기의 혐오는 칼리반이 거울에 비친 자신의 얼굴을 보지 못해 느끼는 분노와 같다.

인간의 도덕적인 삶은 예술가들이 즐겨 다루는 주제의 일부를 형성한다. 그러나 예술의 도덕성은 불완전한 매체를 완벽하게 사용하는 데 있다.

어떤 예술가도 무엇을 증명하고 싶어 하지 않는다. 진정 진실이라고 밝혀진 것조차 증명하려고 하지 않는다.

어떤 예술가도 윤리적인 공감을 하지 않는다. 예술가에게서 그런 감정을 느낀다면 용납할 수 없는 문체상의 버릇에서 비롯된 것이다.

어떤 예술가도 병적인 존재는 아니다. 예술가는 모든 것을 표현할 수 있다. 예술가에게 사고와 언어는 예술의 도구다.

예술가에게 선과 악은 예술의 재료다.

모든 예술의 전형은 형식적 관점에서 보면 음악가의 예술이고, 정서적 관점에서 보면 배우의 기교다.

모든 예술은 표면적이면서 동시에 상징적이다.

표면을 파고 들려는 사람은 위험을 무릅써야 한다.

상징을 읽어 내려는 사람도 위험을 무릅써야 한다.

예술이 진정으로 반영하는 것은 관객이지 삶 자체가 아니다.

하나의 예술 작품을 두고 해석이 분분한 것은 그 작품이 새롭고 복잡하며 생명력이 넘친다는 것을 의미한다.

비평가와 예술가의 의견이 일치하지 않을 때 예술가는 자기 자신과 조화를 이룬다. 어떤 사람이 유용한 무엇인가를 만들었어도 자신이 만든 것을 스스로 칭찬하지 않는다면 우리는 그를 용서할 수 있다. 쓸모없는 것을 만들었을 때 그것에 대해 유일하게 변명하는 방법은, 스스로 그것을 열렬히 찬양하는 것뿐이다. 모든 예술은 전혀 쓸모가 없다.

오스카 와일드

제1장

신비로운 청년

화실은 짙은 장미향이 가득했고, 가벼운 여름 바람이 정원의 나무들 사이를 휘젓고 지나가자 라일락과 분홍색 꽃을 피운 산사나무의 은은한 향기가 열린 창문을 통해 들어왔다.

　헨리 워튼 경은 평소의 습관처럼 페르시아산 안장주머니처럼 생긴 소파에 드러누워 연신 담배를 피우면서 달콤한 냄새를 피우는 노란금사슬나무 꽃의 만개한 자태를 바라보았다. 금사슬나무의 가지는 불꽃처럼 아름다운 꽃들의 무게를 지탱하지 못해 파르르 떨고 있는 것 같았다. 이따금 커다란 유리창 앞을 가린 긴 명주 커튼에는 새들의 그림자가 언뜻언뜻 스쳐 순간적으로 일본화를 보는 듯한 느낌을 주었다. 그것을 보는 순간 헨리 경의 뇌리에는 부득이 고정된 예술 매체를 통해 빠른 속도감과 운동감을 전하고자 하는, 비취처럼 얼굴빛이 창백한 도쿄의 화가들이 떠올랐다. 손질이 안 돼 제멋대로 자란 풀들을 헤치며 날아가거나, 여기저기 흩어진 인동덩굴의 먼지 낀 금빛 꽃 주위를 단조롭고 고집스럽게 빙빙 도는 꿀벌의 날개 소리로 인해 주위의 고요가 더욱 숨 막히는 것 같았다. 런던의 둔탁한 소음이 마치 먼 곳에서 울려오는 오르간의 최저음처럼 묵직하게 들려왔다.

방 한가운데에 똑바로 놓인 이젤 위에는 빼어나게 아름다운 청년의 전신 초상화가 놓여 있었고, 그 그림에서 조금 떨어진 앞쪽에는 그 초상화를 그린 화가 바질 홀워드가 앉아 있었다. 그는 몇 년 전에 갑자기 종적을 감춰 대중을 크게 동요시키며 이상한 억측들을 숱하게 떠올리게 만들었다.

그는 작품 속의 아름답고 우아한 청년을 바라보며 기쁜 미소를 지었다. 미소는 쉽게 사라질 것 같지 않았다.

그런데 갑자기 그가 자리에서 벌떡 일어나서 눈을 감은 채 눈꺼풀에 손가락을 가져다 댔다. 깨기 싫은 기묘한 꿈을 머릿속에 붙잡아 두고 싶은 표정이었다.

"최고의 걸작이군, 바질. 지금까지 자네가 그린 작품 가운데 최고야."

헨리 경이 나른한 목소리로 말했다.

"내년에 그 작품을 그로스브너에 꼭 내게나. 왕립 미술원은 너무 규모도 크고 세속적인 곳이지. 그곳에 갈 때마다 느끼는 건데, 사람들이 어찌나 많은지 도대체 제대로 그림을 볼 수조차 없더군. 끔찍해. 어떤 때는 또 전시된 그림들이 너무 많아서 사람을 만날 수도 없는데, 그건 더 짜증스럽지. 자네의 그림을 출품할 만한 곳은 그로스브너가 딱이야."

"나는 이 작품을 아무 데도 보내지 않을 걸세."

화가는 괴상한 방식으로 고개를 뒤로 던지며 말했다. 옥스퍼드 대학교에 다닐 때는 그의 그런 모습을 볼 때마다 친구들이 비웃곤 했다.

"그래. 어디로도 안 보낼 거야."

헨리 경은 눈썹을 치켜뜨고는 놀란 눈으로 바라보았다. 아편이 섞인 담배에서 피어난 파르스름한 동그라미가 소용돌이를 만들며 둘 사이로 흘렀다.

　　"어디에도 안 보낸다고? 이보게, 대체 왜 그래? 무슨 특별한 이유라도 있는 건가? 자네 같은 화가들이란 정말 괴상하기 짝이 없다니까! 명성을 얻으려고 별짓을 다하다가도 정작 명성을 얻고 나면 그걸 던지고 싶어 안달하잖아. 정말 어리석은 짓이야. 세상에 사람들 입에 오르내리는 것보다 더 나쁜 것이 딱 하나 있는데 뭔지 아나? 그건 바로 누구의 입에도 오르내리지 않는 거야. 이 정도 초상화라면 영국의 어떤 젊은 화가보다 뛰어나다는 것을 보여줄 수 있단 말이야. 노인네들이 이 그림을 보면 엄청 부러워할 거야. 그들이 조금이라도 감정이 있다면 말이지만."

　　"자네가 나를 비웃을 거라는 걸 알아."

　　바질이 대답했다.

　　"하지만 나는 이 작품을 전시할 생각이 없어. 이 그림 속에 나 자신을 너무 많이 반영했거든."

　　헨리 경은 소파에서 몸을 쭉 뻗으며 웃었다.

"자네가 그렇게 비웃을 줄 알았네. 하지만 자네가 아무리 그래도 내 생각에는 변함이 없어."

"그럼 자신을 너무 많이 반영했다고? 바질, 난 정말 자네가 그렇게 자만심이 강한 줄 몰랐네. 아무리 봐도 이 그림 속 인물과 자네 사이에 닮은 구석이라곤 한 군데도 없군 그래. 자넨 까칠하고 강한 얼굴에 새까만 머리카락인데, 이 젊은 아도니스는 상아와 장미꽃잎으로 만든 것 같잖아. 이봐, 바질 홀워드, 그 초상화 속 청년은 나르시스 같지만 자네의 외모는 뭐랄까, 지적인 표정이야 있지만 그것뿐이야. 게다가 지적인 표정이 나오기 시작하면 아름다움이라는 것은 완전히 사라지고 마니 문제지. 진정한 아름다움은 지적인 모습이 보이는 순간 사라지고 말아. 지성이란 원래 과장된 양식이라서, 어느 얼굴에서든 조화를 깨뜨리는 법이거든. 일단 앉아서 생각을 하는 그 순간부터 사람은 코만 남거나 이마만 남거나, 아주 끔찍한 모습으로 변해 버린단 말일세.

학문과 관련한 분야에서 성공한 사람들을 좀 보게나. 그 작자들은 얼마나 흉측한가! 물론 성직자는 예외일세.

하지만 생각해 보면 성직자들도 생각이라는 것을 안 하거든. 주교는 자신이 열여덟 살 때 들은 얘기를 여든이 되도록 지껄이고 있지 않은가. 그러니 늘 유쾌한 표정을 지을 수밖에.

자네가 그린 신비로운 저 신비로운 청년의 이름이 뭔지는 말해 주지 않아 누군지 모르겠지만 그 그림이 나를 행복하게 만드는군. 정말 마음에 들어. 저런 사람은 절대 생각이라는 것을 하지 않아. 내 장담하지. 그 친구는 머리를 쓰지 않는 아름다운 청년으로, 구경할 꽃이 없어진 겨울에도, 우리의 머리를 식힐 필요가 있는 여름에도 늘 곁에 있어 주었으면 하는 친구라네. 바질, 자네는 저 청년과 하나도 닮지 않았단 말이야. 괜히 우쭐해하지 말라고."

"해리(헨리의 애칭), 내 말을 그렇게도 이해 못 하겠나?"

화가가 대답했다.

"물론 난 이 친구와 전혀 닮지 않았어, 그건 나도 잘 알고 있어. 정말 닮았다고 하면 내가 미안해지지. 믿지 못하겠단 말인가? 진실을 말해 주지. 육체적으로든 지적으로든 모든 면에서 뛰어난 사람들에게는 숙명이라는 것이 있어. 역사 속에서 몰락해 가는 왕들에게 붙어 다니는 불행과 같은 그런 종류의 숙명이지. 주변 사람과 비슷하다는 건 축복이라네. 이 세상에서는 언제나 추한 사람들이나 어리석은 사람들이 가장 이득을 본다네. 그들은 그저 편안히 앉아서 세상사를 구경만 하면 되니까. 그들이 설령 승리의 쾌감 같은 것을 모른다고 해도 적어도 패배의 쓰라림은 맛보지 않아도 되니 말이야. 그들은 아무 고민도 없이 초연하게, 불안감 따위 갖지 않고 살고 있으니 우리 모두 본받아야 해. 그들은 다른 사람들을 파멸시키지도 않고 다른 사람들 손에 파멸을 당하지도 않아.

해리, 자네에겐 지위와 부가 있고, 내겐 변변치 않지만 두뇌가 있어. 그 가치가 어떻든, 변변치 않을 테지만 내겐 예술이 있지. 예술, 그리고 도리언 그레이의 훌륭한 외모. 이처럼 신이 우리에게 준 것들로 인해 도리어 우리는 그만큼 고통을 받게 될 거야. 아주 끔찍한 고통을."

"도리언 그레이라고? 그게 청년의 이름인가?"

헨리 경이 화실을 가로질러 바질에게 다가가며 물었다.

"그래, 저 청년 이름이지. 자네에게 말하지 않으려고 했지만."

"왜?"

"뭐라 설명하기 어렵군. 나는 어떤 사람을 너무나 좋아하면 그의 이름을 누구에게도 말하지 않아. 이름을 말해 버리면 마치 그 사람의 일부분을 줘 버리는 것만 같거든. 나는 비밀을 점점 좋아하게 됐어. 바로 그것만이 우리의 삶을 신비롭고 놀랄 만하게 만드는 유일한 방법인 듯해. 가장 흔한 것도 비밀을 숨기고 있으면 굉장히 기쁨을 주는 법이지. 런던을 떠난다고 하면 나는 주변 사람들에게 행선지를 말하지 않을 거야. 그것을 말해 버리면 내가 느낄 기쁨이 완전히 사라지거든. 바보 같은 습관이라고 할지도 모르지만 어쨌든 그게 내 삶에 많은 로맨스를 가져다주는 것 같아. 자네는 이런 말을 하는 내가 정말 어리석다고 생각하겠지?"

"천만에."

헨리 경이 대답했다.

"이봐, 바질, 난 결코 자네를 그렇게 생각하지 않아. 자네는 내가 결혼했다는 사실을 잊은 게로군. 결혼이 가진 매력 중에 하나는 서로를 속이는 기만적인 생활이 필요하다는 거야. 나는 내 아내가 어디에 있는지 몰라. 내 아내도 내가 무슨 짓을 하고 다니는지 모르지. 우리는 가끔 같이 식사를 하거나 공작의 집을 방문하거나 할 때는 만나지. 정말 심각한 얼굴로 터무니없는 이야기들을 나누곤 한다네. 아내는 그런 상황에 아주 능숙해. 날짜를 혼동하는 법도 없어. 매번 날짜를 혼동하는 나와 달라. 내가 가끔 날짜를 틀리게 말해도 조금도 화내지 않아. 차라리 화를 내거나 난리를 치면 좋으련만 그저 비웃기만 할 뿐이지."

"해리, 난 자네가 결혼 생활을 그런 식으로 이야기하는 게 듣기 거북해."

바질이 정원으로 나가는 문 쪽으로 천천히 걸어가며 계속 말을 이었다.

"자네는 정말 좋은 남편이면서도 본인이 가진 미덕을 부끄럽게 여기는 것 같아. 아주 괴상해. 도덕적인 얘기를 늘어놓지는 않지만 잘못을 저지른 적도 없잖아. 자네의 냉소적인 태도는 그냥 겉치레일 뿐이야."

"자연스러운 태도를 갖는다는 것이야말로 일종의 겉치레야. 내 생각에는 그것이야말로 사람을 가장 약 올리는 것이라니까."

헨리 경은 웃음을 터뜨리며 큰 소리로 말했다. 두 사람은 함께 정원으로 나가 높은 월계수 아래 놓인 긴 대나무 의자에 앉았다. 햇볕은 월계수 잎에서 반짝였고 풀밭에서는 하얀 데이지 꽃들이 떨고 있었다.

잠시 후 헨리 경이 회중시계를 꺼냈다.

"이제 가 봐야겠군. 바질, 가기 전에 내가 던진 질문에 대한 대답을 들어야겠어."

헨리 경이 중얼거리듯 작은 목소리로 물었다.

"무슨 질문?"

바질은 계속해서 땅바닥을 내려다보며 말했다.

"잘 알잖아."

"모르겠는데, 해리."

"그럼 말해 주지. 자네가 왜 도리언 그레이의 초상화를 전시하지 않으려는지 진짜 이유를 말해 달라는 걸세. 진짜 이유 말이야."

"이미 말했잖아."

"아니, 안 했어. 자넨 그 그림 속에 자신을 너무 많이 투영했기 때문이라고 했지만 그건 너무 유치한 대답이야."

"해리."

바질 홀워드가 헨리 경의 얼굴을 똑바로 보면서 말했다.

"화가가 감정을 담아 그린 초상화는 어느 것이나 다 예술가 자신의 초상화지 모델의 초상화가 아니라고 할 수 있어. 모델은 그저 우연한 계기로 화가가 그린 초상화의 대상이 됐을 뿐이야. 화가가 그림으로 드러낸 인물은 모델이 아니야. 내가 그 그림을 전시하지 않으려는 것은 그 그림 속에 담긴 내 영혼의 비밀이 드러날까 겁이 나기 때문이네."

"그래, 그 비밀이란 게 뭔가?"

헨리 경이 웃으며 물었다.

"말해 주지."

홀워드는 이렇게 대답하긴 했지만 순간 당혹스러운 표정이 되었다.

"바질, 어서 말해 보게."

헨리 경이 재촉했다.

"허, 해리. 실은 별로 할 말이 없어. 게다가 자네가 이해할 수 있을지 걱정도 되고. 아마 자네는 내 말을 믿지도 않을 거야."

헨리 경은 몸을 굽혀 풀밭에 핀 분홍색 데이지 꽃 한 송이를 꺾어 자세히 살피며 미소를 지었다.

"설명해 주면 이해할 수 있을 거라고 생각하네. 믿는 문제라면, 나는 아무리 어려운 것이라도 믿으려고만 든다면 믿는 사람이야."

그는 하얀 깃털로 장식된 듯한 작고 둥근 황금색 표면을 뚫어지게 들여다보았다.

불어오는 바람에 나무의 꽃송이들이 흔들렸다. 별 모양 꽃송이가 달린 라일락이 육중한 무게를 이기지 못하고 나른한 공기 속에서 이리저리 움직였다. 여치 한 마리가 담장 근처에서 울어 대고, 길고 가느다란 잠자리 한 마리는 투명한 푸른 날개를 하늘거리며 날았다. 헨리 경은 바질의 심장 박동 소리가 들리는 것 같았다. 무슨 소리가 그의 입에서 튀어나올지 궁금했다.

"간단히 말하자면 이런 얘길세."

화가는 잠시 머뭇거리다가 입을 열었다.

"두 달 전에 브랜든 부인 집에서 열린 파티에 갔었어. 자네도 알겠지만, 우리처럼 가난한 예술가들은 가끔씩 사교계에 얼굴을 비춰서 우리가 야만인이 아니라는 것을 증명해야만 하거든. 언젠가 자네가 말한 것처럼, 이브닝코트에 하얀 넥타이만 갖추면 주식 중개인이라도 교양인 취급을 받을 수 있잖아. 방 안에서 화려하게 치장을 한 여인들과 짜증나는 왕립 미술원 사람들 틈에서 한 10분가량 대화를 시도하고 있었어. 그런데 갑자기 누군가가 나를 지켜보고 있다는 게 느껴지는 거야. 누구지 하고 몸을 돌렸을 때 처음으로 도리언 그레이를 봤지. 서로 눈이 마주쳤을 때 내 얼굴에서 피가 빠져나가는 것처럼 하얗게 질리고 있다는 것이 느껴졌어. 이상한 공포감이 나를 덮쳤지. 그는 존재하는 것만으로도 상당히 매력적인 사람이었어. 만약 내가 이대로 가만히 있으면 내 본질과 영혼, 내 예술 같은 모든 것들이 그에게 빨려 들어갈 것 같다는 생각이 들었지. 잘 알고 있겠지만 해리, 내가 원래 독립적인 사람이잖아. 늘 나는 내가 나의 주인이라고 생각하며 살았어. 항상 그랬어. 도리언 그레이를 만나기 전까지는 말이야. 그런데 바로 그때, 어떻게 설명해야 좋을까……. 뭔가 나에게 아주 끔찍한 위기의 순간이 다가오고 있다고 속삭이는 것만 같았지. 나는 운명의 여신이 엄청난 기쁨과 동시에 또 엄청난 슬픔을 선사해 주는 것 같다는 기분이 들었어. 점점 두려워졌지. 그래서 그곳에서 나가야겠다고 생각했어. 양심 문제가 아니라 비겁함 같은 것 때문이었지. 내가 도망치려던 행동은 정말 명예로운 일이라고는 할 수 없지."

"양심이나 비겁함은 사실상 같은 것이지. 바질, 양심이라는 것은 고집스런 인간에게 붙은 이름일 뿐이야."

"해리, 나는 그렇게 믿지 않아. 자네도 말은 그렇게 하지만 믿지 않을 거라고 생각해. 내 동기가 뭐였건 간에, 자부심이 동기였는지도 몰라. 나는 자부심이 강한 편이니까. 나는 그곳을 떠나려고 힘들게 문 앞으로 갔어. 그런데 거기서 브랜든 부인과 딱 마주친 거야. '홀워드 씨, 설마 이렇게 빨리 도망치려는 건 아니겠죠?' 부인이 비명을

지르듯이 큰 소리로 말하더군. 그 부인 목소리, 자네도 알지?"

"그럼, 알지. 그 여자는 모든 면에서 공작새 같은 여자야. 외모가 볼 것 없다는 것만 빼면 말이야."

헨리 경이 예민해 보이는 긴 손가락으로 데이지 꽃잎을 잘게 찢으면서 말했다.

"부인을 떼어 낼 수가 없더군. 그녀는 나를 끌고 다니며 왕족들, 별 모양과 가터 모양의 훈장을 단 사람들, 보석 박힌 커다란 머리 장식을 하고 앵무새 부리처럼 생긴 코를 가진 중년 부인들에게 가서 나를 소개해 줬어. 그녀는 나를 자기가 가장 아끼는 친구라고 소개하더군. 그전에 딱 한 번 본 것뿐인데 나를 치켜세워 주느라 그런 것 같아. 그때는 내 그림 몇 점이 큰 성공을 거둔 후 싸구려 신문 몇 군데에서 내 그림을 일컬어 19세기 불멸의 작품이라고 떠들어대기도 했는데 그것을 기억했는지도 모르지.

그러다가 어느 순간에 좀 전에 그 독특하게 나를 뒤흔든 바로 그 청년과 딱 마주친 거야. 눈도 마주치고 몸도 거의 닿을 정도로 말이지. 나는 브랜든 부인더러 그 젊은 청년에게 나를 소개해 달라고 부탁했네. 지나치게 무모한 짓은 아니었어. 피할 수 없는 일이었거든. 누가 소개해 주지 않았더라도 우리는 서로에게 말을 걸었을 거야. 그건 정말이야. 나중에 도리언도 그렇게 얘기했거든. 그도 우리가 서로 알게 될 운명이라고 느꼈다고 했어."

"그래, 브랜든 부인은 그 훌륭한 청년을 어떻게 소개하던가?"

헨리 경이 물었다.

"내가 알기로 그 부인은 모든 손님의 중요한 면을 요약해서 간단하게 소개하는 걸 좋아하지. 한번은 붉은 얼굴에 아주 사나운 인상을 한 늙은 신사에게 데려간 적이 있어. 그는 온몸을 훈장과 리본으로 치장했더군. 그런데 부인이 내 귀에 대고 속삭인다는 게 방 안에 있는 사람들은 모두 그 쉿소리를 들을 수 있게 말하는 거야. 듣기도 민망한 얘기들이라 나는 그냥 도망치고 말았어. 나는 사람들에 대해 직접 판단하는 게 좋거든. 하지만 브랜든 부인은 마치 상품을 다루는 경매인처럼 손님들을 대한다니까. 손님들에 대해 사소한 것까지 얘길 하거나 아니면 그 사람이 알고 싶어 하는 얘기는 쏙 빼고 시시콜콜 다른 얘기만 잔뜩 늘어놓는 식이야."

"브랜든 부인이 불쌍하군. 해리, 자네가 그녀에 대해 너무 지나치게 얘기하는 것은 아닌가."

헨리 경은 냉혹하게 바질을 질책했다.

"이봐 친구, 그녀는 살롱을 차리려고 했지만 겨우 음식점을 열었을 뿐이야. 그런데 어떻게 그 여자를 칭찬할 수 있겠나? 그건 됐고. 그래, 여하튼 부인이 도리언 그레이에 대해 뭐라고 말하던가?"

"음, 대충 이런 식이었지. '정말 매력적인 청년이에요…… 불쌍한 그의 엄마와 나는 떼려야 뗄 수 없는 사이였죠. 한데 그가 무슨 일을 하는지 깜박 잊었네요. ……아, 유감스럽게도 그는 아무 일도 하고 있지 않아요. 아, 그래요. 참! 피아노를 연주하죠. 아, 그레이 씨, 바이올린이었던가요?'

"그녀의 설명에 우리 두 사람은 모두 웃지 않을 수 없었지. 그러곤 대번에 친구가 되었어."

"웃음소리로 우정이 시작되었다니 나쁘지는 않아. 하

지만 우정을 끝낼 때도 그렇게 웃을 수 있다면 더 좋을 텐데."

젊은 헨리 경이 데이지 꽃을 또 뜯어내며 말했다.

"해리, 자네는 우정을 모르는군."

홀워드는 고개를 저었다.

"그러니까 그 문제와 관련해 자넨 적개심이 뭔지도 모르는 거야. 자네는 모든 사람을 다 좋아하는데 그것은 모든 사람에게 무관심하다는 뜻이기도 해."

홀워드가 나지막한 소리로 말했다.

"말도 안 되는 소리!"

헨리 경은 큰 소리로 말하고 모자를 뒤로 젖혀 하늘에 떠 있는 반들반들한 비단 실타래 같은 작은 구름들을 올려다보았다.

"그래, 정말 말도 안 되는 소리지. 나는 사람들을 엄격하게 구별해. 잘생긴 사람은 친구로, 성격 좋은 사람은 아는 사람으로, 똑똑한 사람들은 적으로 대하지. 적을 선택할 때는 아무리 주의해도 지나치지 않는 법이야. 내 적수에 멍청이는 없어. 누구나 다 명석하고, 그래서 모두들 나를 인정해 주지. 내가 너무 잘난 체하는 건가? 조금 그런 것 같긴 하군."

"물론 그렇고말고, 해리. 그나저나, 자네 기준을 따르자면 나는 자네에게 그저 아는 사람이겠군."

"이봐, 바질! 자네는 그냥 아는 사람이 아니지. 자넨 내게 그 이상의 존재야."

"그렇더라도 친구로는 좀 모자랄 테니, 형제쯤 되려나?"

"형제라고? 나는 형제들을 좋아하지 않아. 형은 절대로 죽지 않을 것 같고, 동생들은 별다른 일을 하지 않을 것 같아."

"해리!"

홀워드가 눈살을 찌푸리며 고함을 질렀다.

"이봐, 그저 가볍게 한 이야기야. 하지만 난 내 형제들을 싫어할 수밖에 없어. 그건 아마 우리 중 누구도 다른 사람이 자기와 같은 결점을 지닌 것을 보면 참기 어려운 인간 본성에서 나오는 거겠지. 그래서 나는 상류 계급의 부도덕함에 대해 영국 서민들이 느끼는 분노에 절대 공감해. 대중들은 술주정이나 멍청한 짓, 부도덕 같은 것을 자기네들의 특권이라고 여기거든. 그래서 우리 같은 사람들이 바보짓을 하면 자기네들의 영역을 침범했다고 느끼는 거야. 가난한 서더크 사람은 이혼 법정에 들어섰을 때 대단히 분노했지. 그러면서도 노동자 계급 중에 바르게 사는 사람들은 10퍼센트도 되지 않을걸."

"난 자네가 하는 말에 한마디도 동의할 수가 없어. 게다가 해리, 자네 자신 스스로도 자신의 말을 믿지 않는다는 느낌이 드네."

헨리 경은 뾰족하게 다듬은 갈색 수염을 어루만지며 장식 술이 달린 지팡이로 가죽 부츠 끝을 톡톡 두드렸다.

"바질, 자넨 정말 영국적이란 말이야. 자네가 이런 식으로 말한 게 두 번째야. 누군가 진짜 영국인에게 자신의 의견을 말했을 때, 그런 짓은 늘 경솔하긴 하지만, 영국인들은 그게 옳은지 옳지 않은지에 대해서는 전혀 생각해 보지도 않아. 그가 조금이라도 중요하게 생각하는 것은 오로지 의견을 낸 사람이 그 생각을 믿는지 안 믿는지 뿐이지. 이렇게 되니까 어떤 생각의 가치라는 것은 그것을 말하는 사람의 성실성과 전혀 상관이 없는 게 되어 버렸어.

실제로 그 사람이 진실하지 않을 경우 그가 한 말이 더 진실하게 들린다니까. 왜냐하면 그럴 때 그 사람의 욕구나 편견, 욕망 같은 것으로 덧씌워지지 않을 테니 말이야. 하지만 나는 지금 자네와 정치학이나 사회학, 형이상학을 토론할 생각은 없어. 나는 원칙보다는 사람을 더 좋아하거든. 그리고 이 세상 다른 무엇보다 원칙 없는 사람을 좋아하지. 그건 그렇고, 도리언 그레이에 대해 더 말해 주게. 그를 얼마나 자주 보나?"

"매일. 하루라도 그를 안 보면 기분이 편치 않아. 그는 이제 내게 없어서는 안 될 존재야."

"이거 놀랍군! 자네는 예술 말고는 다른 어느 것도 신경 쓰지 않는다고 생각했는데."

"이제 나에게는 그 청년이 예술 자체야."

화가가 진지하게 말했다.

"해리, 가끔 생각하지만 난 세계 역사 속에서 중요한 시기는 딱 두 번뿐이라고 생각하곤 해. 그 첫 번째는 예술의 새로운 매체가 나타난 시기, 두 번째는 역시 새로운 예술을 위한 개성이 나타난 시기지. 베네치아 사람들에게 유화의 발명이 그랬듯이, 안티노오스의 얼굴이 후기 그리스 조각가에게 중요한 매체 구실을 했듯이, 내게는 도리언 그레이의 얼굴이 그런 의미가 될 거야. 단순하게 그를 스케치하고 색칠하고 묘사하는 것으로 끝내지는 않을 거야. 물론 나는 그런 과정은 이미 다 밟았지만, 그는 내게 모델이나 어떤 대상 이상의 존재야. 이렇게 말한다고 해서 내가 그 친구 모습을 담아 낸 것에 만족을 느끼지 못한다거나 그의 아름다움을 예술로 표현할 수 없다는 얘기가 아닐세. 예술이 표현할 수 없는 것은 아무것도 없지. 도리언 그레이를 만난 후로 지금까지 그린 작품들이 걸작이고 내 생애 최고의 작품이었다는 것을 나도 알아. 그런데 뭔가 이상하게 내 말을 자네가 이해할 수 있을지 의문이 들지만 그의 개성이 내게 완전히 새로운 예술 수법, 완전히 새로운 스타일의 양식을 제시해 주었어.

나는 사물을 다른 각도에서 보고 생각하게 되었지. 이제 내게 숨겨져 있던 그런 방법으로 인생을 재창조할 수 있게 된 거야. '사색의 날들 속 꾸었던 외형의 꿈'이라는 시구가 있어. 이 말을 누가 했었지? 누군지 잊었지만 내게는 도리언 그레이가 바로 그런 존재야. 눈에 보이는 이 소년의 모습, 물론 스무 살이 넘었지만 내게는 그저 소년으로 보여. 그가 내 눈앞에 있다는 것이 무슨 의미인지 알겠나? 그가 의도한 것은 아니지만 내게 새로운 유파, 그러니까 모든 낭만적인 정신의 정열을 담은 하나의 유파, 그리스적인 모든 정신의 완벽성을 제시해 주었단 말이야. 영혼과 육체의 조화! 이 얼마나 멋진 일인가! 우리 인간들이 미쳐서 두 가지를 각기 갈라놓고 천한 리얼리즘과 공허한 관념을 만들어 냈던 거야.

　해리! 도리언 그레이가 내게 어떤 의미인지 자네가 알 수 있으면 좋으련만! 내가 그렸던 풍경화 기억나나? 에그뉴가 굉장한 가격을 제안했지만 내가 절대로 내놓지 않으려 했던 그림 말이야. 내가 그린 그림들 중에서 최고에 속하는 작품이었지. 그런데 어떻게 그런 작품이 나왔는지 아나? 그건 그 그림을 그리는 동안 도리언 그레이가 내 옆에 앉아 있었기 때문이야. 어떤 영묘한 기운이 내게 전해졌단 말이야. 늘 찾아다녔지만 항상 놓치고 말았던 경이로움을 난생처음으로 평범한 숲속에서 본 거지."

"바질, 정말 놀라운 얘기로군. 나도 도리언 그레이를 꼭
만나 봐야겠어."

홀워드가 자리에서 일어나 정원을 이리저리 거닐었다.
얼마 후 그는 다시 제자리로 돌아왔다.

"해리, 도리언 그레이는 내게 단순한 예술의 동기일 뿐
이야. 자네가 그를 만난다고 해도 아무것도 찾아내지 못
할지도 몰라. 하지만 나는 그 청년 속에서 모든 것을 본다
네. 그가 내 작품 속에서 가장 잘 드러날 때는 바로 내 작
품에 그의 이미지가 없을 때야. 좀 전에 말했다시피, 그
는 새로운 화법을 암시해 주는 존재야. 나는 특정한 곡선
들에서, 특정한 색들의 사랑스러움과 미묘함 속에서 그를
발견하지. 그게 전부야."

"그럼 왜 그의 초상화는 전시하지 않으려는 거지?"

헨리 경이 물었다.

"왜냐하면 그럴 의도는 없었지만 내가 그 초상화 속에
이와 같은 예술적인 숭배를 상당히 표현했기 때문이야.
물론 이런 사실을 그에게는 절대로 알리고 싶지 않아. 그

는 그 사실에 대해 전혀 모르고, 앞으로도 결코 알 수 없을 거야. 하지만 세상 사람들은 짐작할 수 있을지도 몰라. 그래서 나는 그들의 천박한 호기심 어린 눈길 앞에 내 영혼을 드러내고 싶지 않은 거야. 나는 절대로 내 심장을 그들의 현미경 아래에 내려놓지 않을 거야. 해리, 그 초상화 안에는 너무나 많은 내가 들어 있어. 거의 모든 게 들어 있다고!"

"시인들도 자네만큼 섬세하진 않아. 그들은 열정이 시를 출판하는 데 얼마나 도움이 되는지 잘 알지. 실연한 것만 가지고도 시집 몇 권은 찍어 낼걸."

"바로 그런 것들이 싫어."

홀워드가 소리쳤다.

"예술가는 아름다운 것을 창조해야 하는 거지만, 자신의 삶을 작품 속에 조금이라도 넣어서는 안 되는 거야. 우리는 예술을 마치 자서전의 한 형태로 취급하는 시대에 살고 있어. 아름다움에 대한 추상적인 의미를 잃어버렸어. 언젠가는 나는 그게 무엇인지 세상에 보여 줄 거야. 바로 이런 이유들 때문에 도리언 그레이의 초상을 내놓을 수 없다네."

"바질, 난 자네 생각이 틀렸다고 생각해. 하지만 자네와 말싸움을 하고 싶지는 않아. 말싸움은 지성을 잃어버린 사람들이나 하는 짓이니까. 자, 말해 봐. 도리언 그레이도 자네를 좋아하기는 하나?"

화가는 잠시 생각에 잠겼다가 입을 열었다.

"그도 날 좋아하지. 분명히 나를 좋아해. 물론 내가 그의 기분을 맞추기 위해 별짓을 다 하긴 해. 나중에 괜한 말을 한 거 아닐까 싶은 말들도 그에게 할 때가 있는데 그럴 때면 야릇한 쾌감을 느끼기도 하지. 우리는 화실에 앉아 많은 이야기를 나누는데 대개는 내가 그의 매력에 빠져. 그렇지만 그는 너무 무심해. 마치 나에게 고통을 주는 것이 그에게 기쁨을 가져다주는 것이 아닐까 하는 생각이 들 정도야. 해리, 그럴 때는 내 영혼을 코트에 다는 꽃 한 송이처럼 자신의 허영심을 만족시키기 위한 자그마한 장신구나 여름날에 치장할 장신구처럼 여기는 사람에게 몽땅 바친 것 같은 느낌이 들어."

"바질, 여름날은 길잖아."

헨리 경이 중얼거리듯 말했다.

"어쩌면 자네가 그 친구보다 먼저 싫증을 느끼게 될지도 모르지. 생각하면 슬픈 일이지만 아름다움보다는 천재성이 오래 가는 법이니까. 우리가 그토록 애써 공부하는 이유가 무엇이겠나? 생존하기 위해 오래 버틸 수 있는 무엇인가가 필요한 거지. 자신의 자리를 지킬 수 있다는 희망을 가지고 머릿속에 온갖 사실과 생각을 꽉 채워 넣는 거야. 완벽하게 박식한 사람이야말로 현대의 이상인 것이지. 그렇게 박식한 사람의 머릿속은 정말 끔찍할 거야. 온갖 괴물과 먼지가 가득한 골동품 가게 같을 거고, 그 안에 있는 골동품은 원래 가격보다 훨씬 높은 가격이 매겨질 거야. 그래도 역시 자네가 먼저 지치고 말걸? 언젠가는 그 친구 얼굴이 그리고 싶은 대상이 아닐 수도 있고, 얼굴빛 따위가 마음에 안 들지도 모르지. 그땐 자네는 마음속으로 그를 비난할 테고, 그가 아주 못되게 굴던 일이 떠오를 수도 있어. 그다음부터는 그가 자네를 찾아와도 아주 차갑고 무관심한 태도를 보일지도 몰라. 슬프지만 이런 일들 때문에 자네는 달라질 거야. 자네가 들려준 이야기는 아주 낭만적이야. 어떤 사람들은 이런 걸 예술적인 낭만이라고 하겠군. 하지만 어떤 종류의 낭만이든 사람을 낭만적이지 않게 만든다는 것이 가장 나쁜 점이야."

"해리, 그렇게 말하지 말게. 내가 살아 있는 한 도리언 그레이가 가진 그 독특한 매력이 나를 지배할 거야. 자네는 너무 변덕스러워서 내가 느끼는 걸 알 수 없을 거야."

"이보게, 바질. 바로 그러니까 내가 그걸 느낄 수 있는 거야. 신의에 충실한 사람은 사랑의 사소한 면밖에 보지 못하는 거야. 사랑에 충실하지 않은 사람은 바로 신의가 부족한 사람들이지."

헨리 경은 작고 앙증맞은 은상자에서 담배를 꺼내 물고는 한마디 말로 세상사를 요약이라도 한 것처럼 자의식이 깃든 만족스러운 표정으로 담배를 피우기 시작했다. 초록빛 담쟁이덩굴 잎사귀 사이로 참새들이 바스락거리며 돌아다니고 쨱쨱대는 소리가 들렸다. 구름은 추격전을 벌이는 날쌘 제비들처럼 풀밭 위에서 푸른 그림자로 날아다녔다.

정원에 있는 것은 얼마나 상쾌한가! 그리고 다른 사람

들의 감정은 또 얼마나 유쾌한지! 헨리 경은 다른 사람의 사상보다 감정을 느끼는 게 더 즐거운 듯 보였다. 자기 자신의 영혼과 친구의 열정. 이런 것들이 인생에서 마음을 사로잡는 것들이었다. 그는 바질 홀워드와 함께 있으면서 놓쳐 버린, 지루했을 점심 식사를 머릿속에 떠올리며 혼자 말없이 미소 지었다.

숙모의 오찬 모임에 갔다면 집에 그곳에서 분명 굿바디 경을 만났을 테고, 가난한 사람들의 끼니를 해결해 주는 일과 모범적인 주거의 필요성에 관해 그와 줄곧 이야기를 나눴을 것이 분명했다. 각 계급에 속한 사람들은 모두들 기회가 될 때마다 자신의 삶에서 필요하지 않은 미덕의 중요성에 대해 설교하는 것이 보통이다. 부자들은 검소함에 대해, 게으른 자들은 노동이 얼마나 고귀한 것인지에 대해 떠들어 댈 것이다. 그런 자리를 피했다는 사실이 참으로 다행스러웠다. 그가 숙모를 생각하는 동안 문득 한 가지 생각이 떠올랐다. 그는 홀워드를 향해 몸을 돌렸다.

"이보게, 친구. 지금 막 생각이 났어."

"뭐가 생각이 났단 말인가?"

"도리언 그레이라는 이름을 어디서 들었는지 생각이 났어."

"어디에서 들었는데?"

홀워드가 살짝 인상을 찌푸리며 말했다.

"그렇게 인상 쓰지 말게. 우리 애거타 숙모님 댁에서 들었어. 숙모님이 이스트엔드에서 당신을 도와줄 훌륭한 청년을 구했다고 하셨지. 그 청년 이름이 바로 도리언 그레이였어. 하지만 그가 잘생겼다는 얘기는 안 하셨어. 여자들은 잘생긴 남자를 분별할 줄 모르지. 특히나 정숙한 여인들은 말이야. 숙모님은 그가 아주 성실하고 성품이 훌륭한 청년이라고 하시더군. 숙모님의 말씀을 들었을 때는 뻣뻣한 머리카락에 안경을 끼고 주근깨가 덕지덕지 붙은 얼굴에 커다란 발로 쿵쿵대며 걷는 남자를 떠올렸다네. 그가 자네 친구라는 걸 진작 알았으면 좋았을 텐데."

"해리, 난 오히려 자네가 몰라서 다행이라고 생각해."

"왜?"

"난 자네가 그 청년을 만나는 걸 원치 않아."

"내가 그를 만나는 걸 원치 않는다고."

"그래."

"나리, 도리언 그레이 씨가 화실에 와 계십니다."

집사가 정원으로 들어서며 말했다.

"자네, 이젠 그를 소개해 줄 수밖에 없겠군."

헨리 경이 껄껄 웃으며 큰 소리로 말했다.

"파커, 그레이 씨에게 조금만 기다려 달라고 해 주게. 곧 들어가지."

화가 홀워드는 햇빛에 눈이 부신 표정으로 서 있는 집사에게 시선을 돌렸다. 집사는 고개를 숙여 인사를 하고 집 안으로 들어갔다.

"도리언 그레이는 내게 가장 소중한 친구일세."

화가는 헨리 경을 바라보며 말했다.

"소박하고 아름다운 성품을 가진 사람이야. 자네 숙모님이 그에 대해 하신 말씀이 맞아. 그를 망치지 않았으면 좋겠어. 그에게 어떤 영향도 주지 말게. 자네가 끼치는 영향은 좋은 게 없거든. 세상은 넓고 훌륭한 사람들도 많아. 그러니까 내 예술에 자신이 갖고 있는 매력을 충분히 불어넣어 줄 단 한 사람인 그를 내게서 빼앗아 가지 말게.
예술가로서 내 인생이 그에게 달려 있어. 해리, 부탁해. 나
는 자네를 믿어."

그는 하기 싫은 말을 하는 것처럼 한마디 한마디를 쥐
어짜듯 꺼내 놓았다.

"쓸데없는 소리를 다 하는군."

헨리 경은 미소를 지으며 말했다. 그리고는 홀워드의
팔을 잡아끌고 집 안으로 들어갔다.

제2장

청년과의 만남

그들이 방 안에 들어서자 도리언 그레이의 모습이 보였다. 피아노 앞에 앉아 슈만의 〈숲의 정경〉 악보를 넘기고 있어서 그들에게는 등만 보였다.

"바질, 이 악보를 좀 빌려 줘요. 이 곡을 배워 보고 싶어요. 정말 멋진 곡이에요."

그가 큰 소리로 말했다.

"그건 전적으로 오늘 자네가 모델 노릇을 어떻게 해 주느냐에 달려 있다네, 도리언."

"아, 모델 일은 정말 따분해요. 게다가 나는 내 실물 크기의 초상화를 원하지도 않아요."

청년은 기분이 나쁘다는 것을 표현하려는 듯 고집스러운 태도로 피아노 의자에서 몸을 빙글 돌리며 대답했다. 그는 헨리 경이 있다는 것을 알아챈 순간 얼굴빛이 붉어지더니 자리에서 벌떡 일어났다.

"죄송해요, 바질. 다른 선생님이 계신 줄은 미처 몰랐어요."

"도리언, 이쪽은 헨리 워튼 경이야. 옥스퍼드 대학 동창으로 오랜 친구지. 방금 이 친구에게 자네가 얼마나 훌륭한 모델인지 칭찬을 늘어놓고 있던 참인데 자네가 모두 망쳤군."

"아니야, 그레이. 만나서 참으로 기쁘네. 우리 애거타 숙모님께서 자네 이야기를 종종 하셨지. 자네를 무척 좋아하는 눈치셨지. 우리 숙모님에게 꽤나 시달리겠군."

헨리 경이 그레이에게 다가가 손을 내밀며 말했다.

"지금은 아마 저를 미워할 거예요."

도리언이 살짝 뉘우치는 듯 익살스러운 표정을 보이며 말했다.

"지난 화요일에 함께 화이트채플 가의 클럽에 가기로

해 놓고 깜빡 잊었거든요. 함께 이중주 세 곡을 연주하기로 했었는데 말이죠. 부인이 저에게 뭐라 하실지 모르겠군요. 너무 겁나서 찾아뵙지도 못 하고 있어요."

"아, 그런 일이라면 내가 해결해 주겠네. 숙모님이 당신에게 빠져 있으니 크게 문제되지는 않을 거야. 자네가 없었어도 아마 청중은 숙모님의 연주가 이중주라고 들었을 거야. 애거타 숙모님은 피아노 앞에만 앉으면 두 사람 몫의 소음은 충분히 내시는 분이거든."

"부인에 대해 심하게 말씀하시는군요. 저에게도 그렇고요."

도리언이 웃으며 대답했다.

헨리 경은 도리언을 바라보았다. 섬세하게 곡선을 그리는 붉은 입술, 맑고 푸른 눈동자, 곱슬곱슬 생기 넘치는 금빛 머리카락, 정말로 아주 매력적인 젊은이였다. 그는 누구나 푹 빠져들게 만드는 매력이 있었다. 젊은이 특유의 열정적인 순수함과 솔직함도 느낄 수 있었다. 세상에 물들지 않고 자신의 영역을 지켜 왔다는 것을 누구라도 느낄 수 있었다. 바질 홀워드가 그를 숭배한다고 해서 놀랄 일은 아니었다.

"그레이 군, 자선단체에서 일하기에는 너무 매력적으로 생겼군. 지나치게 매력적이야."

헨리 경이 소파에 털썩 앉더니 담배 상자를 꺼냈다.

홀워드는 분주하게 움직이며 물감을 섞고 붓을 준비했다. 그는 잔뜩 걱정스러운 표정으로 헨리 경의 마지막 말을 듣고 그를 힐끗 쳐다보더니 잠시 머뭇거리다가 입을 열었다.

"해리, 나는 오늘 이 그림을 완성하고 싶네. 이제 그만 가 달라고 하면 나를 아주 예의 없는 인간이라고 생각하겠지?"

"그레이 씨, 당신도 내가 가길 바라나요?"

헨리 경이 미소를 지으며 도리언 그레이에게 물었다.

"아, 제발 가지 마세요. 헨리 경, 바질이 무척 화나 있는 것 같아요. 저렇게 화내고 있으면 제가 감당할 수가 없어요. 게다가 제가 왜 자선단체에 다니면 안 되는지 그 이유도 듣고 싶네요."

"그 이유를 자네에게 말해야 될지 잘 모르겠네. 그레이 씨. 그건 아주 진지한 얘기라 듣다가 지루해질 텐데. 아무튼 자네가 가지 말라고 했으니 당장 가지는 않겠네. 바질, 괜찮겠나? 자네는 자네 모델들 곁에서 같이 잡담해 줄 누군가가 필요하다고 말하곤 했잖아.”

홀워드는 입술을 깨물었다.

“도리언이 원한다면 물론 자넨 여기 있어야지. 도리언의 변덕은 누구라도 따라야 하는 법이니까.”

헨리 경은 모자와 장갑을 집어 들었다.

“바질, 너무 몰아치지 말게. 유감스럽지만 나는 약속이 있어서 가야겠네. 오를레앙에서 누구를 좀 만나기로 했거든. 잘 있게, 그레이 군! 시간이 나면 오후에 커즌 가로 찾아와요. 난 5시경에는 거의 집에 있으니까. 당신을 만나지 못하는 일이 생기면 무척 서운할 테니 올 때는 미리 전갈을 주게.”

“바질, 헨리 워튼 경이 가신다면 나도 가겠어요. 당신은 그림을 그릴 때는 한마디도 안 하잖아요. 단상에 선 채 즐거운 표정을 짓는 것은 정말이지 끔찍하게 지루하단 말이에요. 헨리 경에게 가지 말라고 해 줘요. 제발요.”

도리언이 외쳤다.

"해리, 가지 말게. 도리언의 부탁이고 나도 부탁하네. 꼭 들어주게. 도리언의 말이 맞아. 나는 작업할 때 절대 말을 하지 않지. 심지어 다른 사람이 하는 말도 안 듣는다네. 그러니 내 불쌍한 모델들은 무척 따분할 거야. 부탁이니 조금만 더 있어 줘."

홀워드는 자신의 그림을 바라보며 말했다.

"오를레앙에서 만나기로 한 사람은 어쩌나?"

"자네가 안 가도 큰 문제는 안 될 거야. 그러니 다시 자리에 앉게, 해리. 도리언은 이제 단상에 올라서지. 너무 움직이지 말고 헨리 경이 하는 말에도 신경 쓰지 말게. 헨리 경은 나를 빼고는 주위의 모든 친구들에게 나쁜 영향만 끼치거든."

화가가 웃으며 말했다.

도리언 그레이는 마치 젊은 순교자라도 된 듯한 태도로 단상 위에 올라섰다. 그리고 헨리 경을 향해 부루퉁한 표정을 지어 보였지만 실은 처음부터 헨리 경이 마음에 들었다. 바질과 전혀 다른 헨리 경의 대조적인 면들이 흥미로웠다. 게다가 헨리 경은 목소리도 아름다웠다.

잠시 후 도리언이 헨리 경에게 물었다.

"헨리 경, 당신은 정말로 아주 나쁜 영향을 미치시는 건가요? 바질의 말처럼 주위의 친구들에게 나쁜 영향을 끼치시나요?"

"그레이 군, 세상에 좋은 영향 같은 건 없다네. 영향은 모두 부도덕한 것이지. 과학적인 관점에서 부도덕하다는 말일세."

"왜요?"

"누군가에게 영향을 끼친다는 것은 자기의 영혼을 내주는 것이거든. 그렇게 되면 영향을 받은 사람은 더 이상 자기 스스로 생각하는 것이 아니게 되고, 자신의 열정으로 불타오르는 것도 못 한다는 거야. 미덕이라는 것도 사실은 자신의 마음에서 우러나오는 게 아닌 것이고 죄도 역시 마찬가지일 거야. 혹시 죄라는 게 있다면 말일세. 그는 다른 어떤 이가 연주하는 음악의 메아리일 뿐이고, 남의 대본으로 연기하는 배우가 된다는 걸세.

인생의 목적은 자기 계발이야. 자신의 본성을 완벽하게

실현하는 것이야말로 우리 각자가 이곳에 존재하는 이유지. 하지만 요즘 사람들은 자기 자신을 너무 두려워해서 모든 의무 중에 가장 귀한 의무인 자신에게 진 의무를 잊었어. 물론 다들 자비로움이 있긴 하지. 배고픈 이들에게 먹을 것도 주고 거지들에게는 옷을 주기도 하지. 하지만 정작 자신들의 영혼은 굶주리고 헐벗은 상태야. 우리 인류는 용기를 잃었어. 어쩌면 애초부터 용기라는 게 없었을지도 모르지. 사회에 대한 두려움이 도덕을 이루고, 신에 대한 두려움이 신앙의 비결일 거야. 바로 이 두 가지가 우리를 지배한다네. 그렇지만……."

"도리언, 고개를 오른쪽으로 약간만 돌려 보게. 착한 소년처럼."

홀워드가 말했다. 그는 작업에 몰두해 있으면서도 전에는 볼 수 없었던 표정이 도리언의 얼굴에 나타난다는 것을 의식했다.

"그렇지만……."

헨리 경이 이튼 학교 시절부터 그의 습관이었던 특유의 우아한 손짓을 하며 음악 같은 나지막한 목소리로 말을 이었다.

"누군가가 자신의 삶을 충실하고 완벽하게 살아가려 한다면, 모든 감정에 형식을 부여하고 모든 생각을 표현하고, 모든 꿈을 실현해야 한다고 생각해. 그렇게 되면 세상은 아주 신선한 기쁨의 충동을 회복해서 중세 시대의 온갖 병폐를 잊고 고대 그리스처럼, 어쩌면 그 이상으로 훨씬 더 섬세하고 풍요로운 이상으로 돌아갈 수 있을 거라고 나는 믿고 있네. 하지만 아무리 용감한 사람이라도 자기 자신을 두려워하지. 야만성이라는 불구가 우리의 삶을 훼손하는 자기부정 속에 비참하게 생존해 온 것이지. 그렇기 때문에 우리는 자기부정에 대한 처벌을 받고 있어. 힘들여 억압하는 모든 충동이 우리의 정신 속에서 알을 품어 우리를 독살시키고 있어. 육체는 단 한 번 죄를 짓고는 그 죄를 청산하게 되는데, 이것은 행동이 정화하는 양식 중의 하나이기 때문이야. 그런 행동 뒤에 남는 것이라고는 쾌락에 대한 회상이나 사치스러운 회한뿐이지. 유혹을 없애는 유일한 방법은 그 유혹에 굴복하는 거야. 유혹에 저항하려 들면, 자네의 영혼은 스스로 금지한 것에 대한 갈망과 기이하고 비합법적인 것들에 대한 욕망으로 병이 들어갈 거야.

세상의 위대한 사건들은 모두 인간의 머릿속에서 일어난다고 하지. 하지만 세상의 엄청난 죄악이 생겨나는 곳도 모두 머릿속이야. 그레이 군, 붉은 장미 같은 청춘과 흰 장미처럼 순결한 시기를 보낸 당신도 스스로를 두렵게 만드는 정열을 가져 봤을 테고, 공포에도 사로잡혀 봤을 것이고, 생각만으로도 부끄러워서 얼굴이 붉어질 백일몽과 한밤중의 꿈을 꿔 봤을 거야……."

"그…… 그만!"

도리언이 더듬거리며 말했다.

"그만하세요. 당신은 저를 당황하게 만드시는군요. 대꾸하고 싶은데 무슨 말을 해야 할지 모르겠어요. 적당한 말을 찾을 수가 없어요. 이제 말씀은 그만하세요. 생각을 좀 해야겠어요. 아니, 머릿속을 좀 비워 보겠어요."

도리언은 거의 10분이 지나도록 그 자리에서 꼼짝 않고 서서 입을 벌린 채 서 있었다. 두 눈은 묘하게 빛났다. 그는 자신의 내면에서 어떤 새로운 기운이 꿈틀거리고 있다는 것을 어렴풋이 느꼈다. 하지만 그는 그 낯선 기운이 자신 안에서 솟구친 것이 아닐까 하는 생각이 들었다. 바질 홀워드의 친구가 그에게 했던 말 가운데 몇 마디, 우연히 했던 것이 틀림없지만 의도적으로 역설을 담았던 그 말이 지금까지 잠자고 있던 어떤 비밀스러운 감정을 건드린 것이다. 도리언은 지금 그 비밀스런 감정이 고동치며 떨면서 기이한 파동을 일으키는 것을 느꼈다.

예전에는 음악이 그의 마음을 이처럼 뒤흔들고는 했다. 음악은 여러 번 그의 마음을 고통스럽게 흔들곤 했지만 명확하게 표현되지 않았다. 음악이 우리 내면에 새로운 세상을 창조한 것이 아니라 오히려 또 다른 혼란을 준 것이다. 말! 말이란 것은 얼마나 무서운가! 얼마나 분명하고 생생하고 잔인한 것인가! 그 누구도 말을 피해 도망칠 수는 없다. 말 속에는 미묘한 마법 같은 것이 들어 있어서 형태가 없는 것에는 자유자재로 형태를 부여해 줄 수도 있고 비올이나 류트 같은 악기 소리처럼 감미롭고 독특한 음악을 지니고 있는 것 같았다. 그저 말일 뿐인데! 하지만 말만큼 실질적인 것이 또 있던가?

그렇다. 도리언은 소년 시절에 그가 이해하지 못한 것들을 이제야 알 수 있게 되었다. 갑자기 삶이 활활 타는 불처럼 강렬한 색채로 다가왔다. 마치 자신이 불길 속을 걸어온 듯한 느낌이 들었다. 왜 예전에는 이런 것을 몰랐을까?

헨리 경은 미묘한 미소를 지으며 도리언을 바라보았다. 그는 말을 하지 않아야 하는 정확한 심리적 순간을 잘 알고 있었다. 그의 마음속에 강렬한 호기심이 일었다.

그가 한 말이 뜻밖에도 도리언에게 깊은 영향을 주었다는 사실 때문에 깜짝 놀랐다. 그는 예전 열여섯 살 때에는 몰랐던 것들을 깨닫게 해 준 책 한 권을 떠올리며 지금 도리언 그레이가 그때 자신처럼 비슷한 경험을 하고 있는 것인지 궁금해졌다. 그는 그저 허공에 화살을 쏘아 올렸을 뿐인데 표적에 명중한 것인가? 이 젊은이는 정말 매력적인 친구였다.

홀워드는 특유의 놀랍도록 대담한 터치로 그림을 그렸다. 그 대담한 터치에는 어쨌든 예술에 있어 강한 힘을 통해서만 드러날 수 있는 섬세함과 완벽한 섬세함이 깃들어 있었다. 그는 두 사람의 침묵을 의식하지 못했다.

"바질, 서 있기가 지겨워요. 이곳은 공기가 너무 탁해서 숨을 못 쉬겠어요. 저는 정원에 나가서 좀 앉아 있어야겠 어요."

도리언 그레이가 갑자기 큰 소리로 말했다.

"오, 친구. 정말 미안하네. 나는 그림을 그릴 때 다른 것 은 전혀 생각하지 못해서 말이야. 하지만 자네가 정말 훌 륭하게 자세를 취하고 움직이지도 않아 준 덕분에 원하는 효과를 포착할 수 있었어. 반쯤 다문 입술, 밝게 빛나는 눈빛. 해리가 무슨 말을 했는지 모르지만 그 덕분에 자네 가 훌륭한 표정을 지은 것 같군. 아마도 자네를 칭찬했을 것이지만 저 친구가 하는 말을 곧이곧대로 믿으면 안 되 네."

"헨리 경은 내게 아무런 칭찬도 하지 않았어요. 오히려 그래서 제가 헨리 경의 말을 전혀 믿지 않는 건가 봐요."

"자네가 내 말을 모두 믿었다는 것을 스스로도 잘 알 거야."

헨리 경이 꿈이라도 꾸는 것처럼 나른하게 도리언을

바라보며 말했다.

"나도 자네를 따라 정원으로 나가야 할 것 같아. 화실은 지독하게 더워. 바질, 딸기를 넣은 시원한 음료 한 잔 주게."

"물론이지, 해리. 그저 종만 울리게. 파커가 오면 자네가 원하는 음료를 가져오게 하지. 나는 이 그림의 배경을 마무리한 다음에 나갈 테니. 도리언을 너무 오랫동안 잡아두지 마. 오늘처럼 그림이 잘 그려진 날은 없었어. 지금 이대로도 훌륭하지만 이 그림이야말로 내 걸작이 될 거야."

헨리 경은 정원으로 나갔다. 그리고 도리언 그레이가 근사한 라일락꽃들 사이에 얼굴을 묻고 마치 정신없이 와인을 마시듯 꽃향기를 들이마시고 있는 모습을 바라보았다. 그는 도리언에게 다가가 어깨에 손을 얹었다.

"자네 아주 제대로 하고 있군."

헨리 경이 낮은 목소리로 말했다.

"영혼만이 감각을 치유할 수 있는 것처럼 감각만이 영혼을 치유할 수 있는 거라네."

청년 도리언은 깜짝 놀라 뒤로 물러섰다. 모자를 안 쓴 곱슬머리가 나뭇잎에 걸려 흐트러졌다. 잠에서 갑자기 깨어난 사람처럼 두려운 빛이 그의 눈동자에 어렸다. 섬세하게 다듬은 듯한 콧구멍이 살짝 떨렸고 숨어 있던 신경이 진홍빛 입술을 건드리자 그 입술이 파르르 떨렸다.

"그거야."

헨리 경이 말을 이었다.

"바로 그게 인생의 가장 큰 비밀 중 하나이지. 감각으로 영혼을 치유하고, 영혼으로 감각을 치유하는 것 말일세. 자네는 놀라운 피조물이야. 자네는 자신이 알고 싶어 하는 만큼은 아니지만 생각하는 것보다는 더 많이 알고 있어."

도리언 그레이는 인상을 찌푸리며 고개를 돌렸다. 그는 옆에 서 있는 우아하고 키 큰 젊은 남자를 좋아하지 않을 수 없었다. 부드러운 올리브빛 얼굴과 피로한 듯한 표정이 도리언의 호기심을 자극했다. 나른하고 낮은 목소리에는 사람을 매혹시키는 무언가가 담겨 있었다. 꽃같이 차갑고 하얀 손마저 매력적이었다. 말을 할 때는 두 손이 자신만의 언어로 말하듯 음악에 맞춰 춤을 추는 것처럼 움직였다. 하지만 도리언은 왠지 헨리 경에게 두려움을 느꼈고 그런 두려움이 부끄럽게 여겨졌다.

어쩌다 이 낯선 이에게 자기 자신을 다 드러낸 것일까? 바질 홀워드와 몇 달 동안 함께 지냈지만 그들 사이의 우정은 자신을 전혀 변화시키지 않았다. 그런데 인생의 비밀을 알려 줄 것만 같은 이 낯선 사람이 갑작스럽게 자신의 삶에 뛰어들었다. 한데 이렇게 두려워하는 건 뭐란 말인가? 나이 어린 학생도 아니고 어린 여자도 아닌 어른이 말이다. 잔뜩 겁을 먹고 있다니, 정말 멍청한 꼴이었다.

"그늘로 가서 앉지."

헨리 경이 말했다.

"파커가 음료수를 가져다주었네. 이렇게 햇볕 아래 오래 있으면 피부가 상하고 말거야. 그럼 바질이 다시는 자네를 그리려고 하지 않을 걸세. 몸을 태우지 말아. 거무튀튀한 얼굴은 자네에게 어울리지 않으니까."

"그게 무슨 상관인가요?"

도리언이 웃으며 정원 끝에 놓인 의자에 앉았다.

"그레이, 자네에게는 그것이 아주 중요한 문제라네."

"왜 그렇죠?"

"자네는 다른 어떤 사람보다 더 멋진 젊음을 지녔고, 젊음이란 계속 간직할 만한 가치가 있는 유일한 것이기 때문이지."

"헨리 경, 저는 그렇게 생각하지 않습니다."

"물론 지금이야 그렇게 생각하지 않겠지. 언젠가 자네가 늙어서 주름지고 추해질 때, 생각하느라 이마에 깊은 주름이 생기고 생기를 잃을 때, 열정이 자네의 입술을 뜨거운 불길로 낙인찍을 때, 그때 비로소 느끼게 될 거야. 그땐 젊음이 얼마나 소중한 것인지 절감하게 되겠지. 지금이야 어디를 가든 세상 사람들이 자네에게 매료되겠지만 그게 언제까지 지속되겠나? 그레이 군, 자네의 외모는 놀랍도록 아름답네. 그레이, 그렇게 인상은 쓰지 말게나. 사실대로 말한 거니까. 아름다움도 천재성의 한 형태라네. 아니, 설명할 필요도 없으니 천재성을 능가한다고 봐야겠지. 햇빛이 청명한 봄날, 우리가 달이라고 이름 붙인 저 은빛 조개가 검은 물 위에 비쳐 반사되는 것처럼 아름다움은 세상을 구성하고 있는 하나의 사실이야. 의문을 가질 필요도 없지. 아름다움은 신성한 주권을 가지고 있는 것이니까 아름다움을 가지고 있는 사람은 왕자가 되지. 웃는 겐가? 아! 아름다움을 잃고 나면 그렇게 웃지도 못할 거야.

사람들은 가끔씩 아름다움은 껍데기일 뿐이라고 말하곤 하는데 어쩌면 그게 맞는 말일 수도 있어. 하지만 적어도 사람들이 생각하는 것만큼 피상적이진 않아. 나에게 최고로 경이로운 것은 아름다움이야. 외모로 판단하지 않는 사람은 깊이가 없는 사람들뿐이라네. 세상의 진정한 미스터리는 눈에 안 보이는 것이 아니라 눈에 보이는 것이거든.

그렇지, 그레이 군. 신은 자네에게 많은 은혜를 베푼 거야. 하지만 신은 주었던 것을 순식간에 빼앗아 가기도 하지. 자네가 정말로 완벽하고 충만한 삶을 사는 것도 몇 년 남지 않았다네. 젊음이 사라지면 당신의 아름다움도 함께 사라져 버리는 거지. 그러다가 어느 날 문득 더는 남은 것이 없다고 깨닫게 될 거야. 아니면 과거의 기억 때문에 패배보다 더 쓰라릴 하찮은 승리에 만족해야 되겠지. 한 달 두 달, 세월이 흐르면 자네는 점점 더 끔찍하게 변할 거야. 시간이 당신을 질투해서 백합이나 장미 같은 자네의 아름다움과 전쟁을 벌일 거야. 안색은 누렇게 변하고 볼은 야위고 눈은 흐릿해질 테지. 자네는 끔찍한 고통을 겪게 되는 거지…… 아! 젊을 때 자네가 젊다는 사실을 깨닫게. 쓸데없는 일에 귀 기울이거나 가망 없는 실패를 돌이키려고 애쓴다거나, 흔해 빠지고 무지한 이들, 천박한 인간들에게 자네의 인생을 맡겨 귀한 젊음을 낭비하지 말게. 이런 것들은 모두 우리 시대의 병약한 목표, 잘못된 이상이라네. 당신의 삶을 살도록 하게! 놀라움이 숨어 있는 자네의 삶을 살게! 어느 것이든 잃지 말고, 항상 새로운 감각을 가지도록 노력하게. 무엇도 두려워하지 말고…….

  새로운 쾌락주의, 이것이 바로 우리가 살고 있는 이 세기가 원하는 것이지. 자네는 쾌락주의가 내세우는 상징이 될지도 몰라. 자네 정도의 매력을 가진 인물이 못할 일은 없네. 세상은 한동안 자네의 것이 될 거야. 자네를 처음

봤을 때 나는 자네가 어떤 인물인지, 어떤 존재가 될 수 있는지 모른다는 것을 깨달았네. 그래서 자네에게 뭔가를 말해 줘야겠다는 생각이 들었어. 아무것도 깨닫지 못하고 그냥 이렇게 스러져 간다면 정말 비극적인 일이 아닌가. 당신의 젊음이 유지되는 시간은 아주 짧거든. 정말 아주 짧아. 언덕 위에 피어 있는 흔한 꽃들도 시들었다가 때가 되면 다시 피어나지. 금사슬나무도 내년 6월이 되면 지금처럼 노란 꽃들을 피울 거야. 한 달 안에 클레마티스도 별처럼 자주색 꽃을 피울 것이고, 해마다 푸른 밤 같은 그 잎에서 자줏빛 별 모양의 꽃을 피워 내겠지. 하지만 우리는 두 번 다시 젊은 시절로 되돌아갈 수 없어. 스무 살 때 요동치던 환희의 맥박도 점점 둔해지는 거야. 팔다리는 약해지고 감각은 무뎌지게 돼. 우리가 두려워하던 열정과 맞설 용기를 내지 못했던 격렬한 유혹을 생각하면서 그저 흉측한 꼭두각시 인형으로 퇴화되는 거야. 젊음! 젊음! 세상에 젊음만 한 것은 없어."

도리언 그레이는 두 눈을 크게 뜬 채 놀란 표정을 지으며 헨리 경이 하는 말에 귀를 기울였다. 그가 들고 있던 라일락 가지가 자갈 위로 떨어졌다. 솜털이 잔뜩 뒤덮인 벌이 한 마리 다가와 윙윙대며 라일락 가지 주위를 맴돌았다. 그러더니 곧 별처럼 생긴 꽃들이 만든 타원형의 꽃송이 위를 기어 다니기 시작했다. 우리들이 아주 중요한 일들 때문에 두려움을 느낄 때나 표현하기 어려운 낯선 감정에 흔들릴 때, 또는 무서운 생각에 사로잡혔을 때 사소한 것에 애써 신경을 쓰려는 것처럼 도리언도 그런 호기심으로 벌을 뚫어져라 쳐다보았다. 잠시 후 벌이 다른 곳으로 날아가고 도리언은 그 벌이 알록달록한 나팔 모양을 한 자줏빛 메꽃 속으로 기어들어 가는 모습을 지켜보았다. 꽃은 떨리는 듯하더니 곧 가볍게 이리저리 흔들렸다.

그때 갑자기 홀워드가 화실 문 앞에 나타나더니 스타카토식 말투로 그들에게 들어오라는 신호를 보냈다. 두 사람은 서로를 바라보며 미소를 지었다.

"기다리고 있잖아. 얼른 들어오게."

홀워드가 소리쳤다.

"빛이 아주 완벽해서 그림 그리기가 좋아. 마시던 음료수를 들고 들어와."

두 사람은 자리에서 일어나 느릿느릿 길을 걸어갔다. 푸른색과 흰색 얼룩이 있는 나비 두 마리가 날갯짓을 하며 두 사람 곁을 지나갔고 정원 귀퉁이에 있는 배나무에서 개똥지빠귀 한 마리가 울어 댔다.

"그레이, 나를 만난 것이 기쁘지 않은가?"

헨리 경이 도리언을 바라보며 말했다.

"네. 저는 지금 즐겁습니다. 앞으로도 항상 즐거울 수 있을까요?"

"항상? 그건 정말 무서운 말이야. 나는 그 말을 들으면 몸서리가 쳐지네. 그 말은 여자들이 즐겨 쓰지. 여자들은 로맨스가 영원히 계속되기를 바라기 때문에 모든 로맨스를 망치는 거야. 영원이라는 말은 의미 없는 단어이기도 해. 일시적인 기분을 나타내는 변덕과 일생의 열정 사이에 단 한 가지 차이점을 찾는다면 그건 변덕이 좀 더 오래 지속된다는 거야."

도리언 그레이는 헨리 경과 함께 화실로 들어서며 그의 팔을 잡았다.

"그렇다면 우리의 우정이 변덕을 부리게 해야겠군요."

그는 자신의 대담함에 놀라 얼굴을 붉히며 나지막이 말했다. 그러고는 얼른 단상에 올라 다시 모델의 자세를 취했다.

헨리 경은 고리버들로 만든 안락의자에 앉아 도리언 그레이를 지켜보았다. 홀워드가 멀찌감치 떨어져 자신의 작품을 감상하느라고 뒷걸음질 치면서 내는 발소리와 캔버스 위를 가볍게 스치는 붓 소리를 빼면 화실 안은 온통 정적에 잠겨 있었다. 열린 출입문을 통해 비스듬히 흘러 들어오는 햇빛을 따라 먼지가 춤을 추며 황금빛으로 빛났다. 짙은 장미 향기가 화실 구석구석 스며들어 모든 물건 위에 앉아 있는 것 같았다.

15분쯤 지났을 때 홀워드는 붓을 멈추고 도리언 그레이를 한참 동안 바라보았다. 그러고는 그림을 보고 커다란 붓 끝을 깨물면서 인상을 찌푸리기도 했다.

"자, 다 됐네."

마침내 그가 외치더니 허리를 굽혀 캔버스 왼쪽 구석에 주홍색으로 자신의 이름을 길게 썼다.

헨리 경이 가까이 가서 그림을 유심히 바라보았다. 그 그림은 실로 훌륭한 예술 작품이었다. 또한 놀라울 정도로 도리언을 쏙 빼닮았다.

"이봐, 친구. 정말 축하하네. 현대의 가장 훌륭한 초상화군. 그레이, 이리 와서 자네의 모습을 보게."

젊은이는 꿈에서 깨기라도 한 듯 깜짝 놀랐다.

"정말 완성됐나요?"

그가 단상에서 내려오면서 낮은 목소리로 물었다.

"그래, 완성했어. 자네가 오늘 아주 훌륭한 모델 역할을 해 주었기 때문이야. 정말 고맙네."

홀워드가 말했다.

"그건 순전히 내 덕일세. 안 그런가, 그레이 군?"

헨리 경이 끼어들었다.

도리언은 아무 말도 하지 않았다. 하지만 자신의 초상화 앞을 무심히 지나다가 다시 그림을 향해 몸을 틀었다. 그림을 보고 난 후 그는 기쁜 마음에 얼굴빛까지 붉어졌다. 마치 난생처음 자신의 모습을 본 듯한 표정이 되었다. 한참을 황홀한 듯 서 있던 그는 홀워드가 자신에게 뭐라고 하는 것은 알았지만 무슨 말인지 전혀 알아듣지 못했다. 도리언은 계시라도 받은 듯 자신의 아름다움에 대해 깨달았다. 그는 지금까지 한 번도 자신을 아름답다고 느끼지 못했다. 바질 홀워드가 늘 하던 칭찬도 그저 듣기 좋으라고 하는 소리로 생각했을 뿐이다. 그래서 홀워드가 칭찬을 해 댈 때면 그냥 웃어넘기고 잊어버리곤 했던 것이다. 그런 칭찬이 그의 본질에 어떤 영향을 미치지는 않았다.

그런데 헨리 워튼 경이 나타나 그의 젊음에 대해 독특한 칭찬을 해 대며 그것이 얼마나 짧은 순간인가에 대한 경고도 함께 해 주었다. 헨리 경의 말을 듣는 순간 그는 마음이 온통 뒤흔들렸는데, 이제 초상화에 담긴 자신의 아름다움을 보면서 헨리 경이 한 말들이 충분히 현실일 수 있겠다는 생각이 스쳐 갔다. 언젠가는 얼굴에 주름이 자글자글할 테고, 눈은 생기를 잃어 침침해지고, 우아한 모습은 흉하게 일그러지는 날이 올 것이다. 입술의 붉은빛은 점점 색이 바래고 황금빛 머리카락은 하얗게 세며, 그의 영혼을 만들었던 삶은 육체를 무너뜨릴 것이다.

무섭고 흉측하며 기괴한 모습으로 변할 것이다.

그런 생각을 하고 있자니 날카로운 칼로 베인 것처럼 고통이 그의 몸을 지나면서 본성을 이루는 조직 하나하나가 떨리는 것 같은 느낌이 들었다. 그의 눈이 깊어지며 자수정처럼 빛나더니 이윽고 눈물이 맺혔다. 얼음처럼 차가운 손이 심장을 쥐고 있는 것만 같았다.

"마음에 안 드는가?"

영문을 모르는 홀워드는 그가 침묵하는 것이 좀 마음에 걸렸다.

"무슨 소리를 하나. 당연히 마음에 들겠지."

헨리 경이 말했다.

"누가 이 그림을 싫어할까? 이 그림은 가장 위대한 현대 미술품 중 하나야. 나는 이 작품을 꼭 갖고 싶어. 나는 이 그림을 갖는 대가로 자네가 요구하는 것은 뭐든 들어주겠네."

"해리, 이것은 내 것이 아니야."

"그럼 누구 거란 말이야"

"당연히 도리언 거지."

화가가 말했다.

"이 친구 정말 운이 좋군 그래."

"아, 얼마나 슬픈 일인가!"

도리언 그레이는 여전히 자신의 초상화를 바라보며 중얼거렸다.

"얼마나 슬픈 일인가! 나는 점점 늙어서 끔찍하고 흉측해지겠지. 하지만 이 그림은 늘 이렇게 젊은 모습 그대로일 테지. 아무리 세월이 흘러도 6월, 바로 오늘의 모습 그대로겠지…… 반대로 된다면 얼마나 좋을까? 나는 항상 젊은 채로 있고 이 그림이 나 대신 늙어 가면 좋을 텐데. 그럴 수만 있다면 뭐든 다 바칠 수 있는데! 그래, 그럴 수만 있다면 내 영혼이라도 줄 수 있는데!"

"바질, 너는 그런 타협은 싫어하겠지. 그런 계약이 성사되면 자네 작품에는 큰 불행일 거야."

헨리 경이 웃으며 큰 소리로 말했다.

"해리, 나는 당연히 반대야."

홀워드가 말했다. 그 순간 도리언이 홀워드를 바라보았다.

"바질, 나는 당신이 그럴 거라고 생각했어요. 당신은 친구보다 자신이 그린 그림을 더 좋아하니 말이에요. 나는 당신에게 한낱 청동조각상 같은 존재지요. 아니, 그것만도 못한 존재예요."

화가는 놀라서 도리언을 쳐다보았다. 그런 말을 하는 모습은 평소 그답지 않았다. 대체 무슨 일이 있었던 거지? 도리언은 화가 난 것처럼 얼굴이 붉어지고 두 뺨은 불타는 것처럼 보였다.

"그래요."

도리언이 말을 이었다.

"나는 당신에게 상아로 만든 헤르메스나 은으로 만든 파우누스보다 못한 존재지요. 당신은 언제나 그런 예술작품을 좋아하겠죠. 하지만 나는 언제까지 좋아할까요? 나에게 주름이 생기기 전까지는 그렇겠죠. 이제는 저도 알아요. 아름다움이 무엇이든 사람이 그것을 잃으면 모든 것을 잃어버리는 거예요. 당신의 그림을 보니 알겠어요. 헨리 워튼 경이 한 말이 모두 옳아요. 오직 젊음만이 간직할 만한 가치가 있는 거예요. 나는 내가 늙어 가고 있다는 사실을 깨닫게 되면 바로 그 순간에 스스로 목숨을 끊을 거예요."

홀워드는 얼굴이 파랗게 질려서 도리언의 손을 덥썩 잡았다.

"도리언! 도리언! 그렇게 말하면 안 되네. 나에게 자네 같은 친구는 지금까지도 없었고 앞으로도 없을 거야. 자네가 물질적인 것에 질투를 느끼는 건 아니겠지? 자네는 이 세상에 있는 어떤 것과도 비교할 수 없을 만큼 훌륭하다네."

"저는 아름다움이 시들지 않는 모든 것에 질투를 느껴요. 당신이 그린 내 초상화에도 질투를 느껴요. 내가 잃어버릴 수밖에 없는 것을 이 초상화는 간직하고 있잖아요. 시간이 흐르는 동안 나는 내가 가진 것을 점점 잃어버릴 텐데 이 초상화는 계속 가지고 있겠죠. 아, 반대로 된다면 얼마나 좋을까! 만일 나는 항상 그대로 젊음을 간직하고 이 그림이 변한다면! 왜 초상화를 그린 거예요? 언젠가는 이 초상화가 나를 비웃을 거예요……. 아주 지독하게 비웃을 거라고요."

도리언의 눈에 눈물이 차올랐다. 그는 화가의 손을 뿌리친 채 소파 위에 몸을 던졌다. 그리고 기도라도 하는 듯 쿠션에 얼굴을 묻었다.

"해리, 이건 모두 자네 탓이야."

화가가 비통한 목소리로 말했다.

"이게 도리언 그레이의 참 모습이야. 그뿐이라고."

헨리 경이 어깨를 으쓱했다.

"그렇지 않아."

"그렇지 않다고 해도, 그 일과 내가 무슨 상관이 있는 가?"

"내가 부탁했을 때 갔어야지."

화가가 불평하듯 말했다.

"자네가 부탁해서 남아 있었잖아."

"해리, 나는 가장 친한 친구 두 명과 동시에 싸울 수는 없어. 하지만 자네들 두 사람 때문에 난 지금까지 완성한 작품들 가운데 가장 훌륭한 내 작품을 증오하게 되었네. 그러니 할 수 없이 이 그림을 없애 버려야겠어. 그저 캔버스와 물감일 뿐이잖아? 이 그림이 우리 세 사람 사이에 끼어 들어서 인생을 망치게 할 수는 없으니 말이야."

홀워드가 긴 커튼을 쳐 놓은 창문 아래 전나무 탁자로 다가가자 도리언 그레이가 눈물로 얼룩진 창백한 얼굴을 들어 그가 무엇을 하려는 건지 바라보았다. 홀워드는 어지럽게 널려 있는 주석 튜브들과 마른 붓들 사이를 휘저으며 무엇인가를 찾고 있었다. 그렇다. 그가 찾고 있는 것은 단단하고 얇은 칼날을 지닌 긴 팔레트 나이프였다. 마침내 그것을 찾아낸 홀워드는 캔버스를 찢으려고 했다.

흐느껴 울던 젊은이는 울음을 억누르고 소파에서 벌떡 일어나 홀워드에게 달려가 나이프를 잡아채서 화실 구석으로 던져 버렸다.

"바질, 그러지 마세요. 그러지 마세요! 그건 살인이나 다름없어요."

그가 소리쳤다.

"도리언, 자네가 내 작품의 진가를 마침내 인정해 주다니 기쁘기 그지없군. 자네가 내 그림의 진가를 인정할 거라고는 생각 못 했는데."

홀워드가 싸늘한 목소리로 말했다.

"그림의 진가를 인정했다고요? 저는 이 그림을 사랑해요. 완전히 반했다고요. 바질, 이 그림은 제 분신이나 마찬가지예요. 그게 느껴진다니까요."

"음, 그럼 그렇다면 그림이 마르면 니스 칠을 하고 자네 집으로 보내주지. 그다음에는 알아서 하게."

화가는 도리언에게 이렇게 말하고 방을 가로질러 가서 종을 울렸다.

"도리언, 차 마실 거지? 해리, 자네도 한 잔 마실 텐가? 아니지, 자네는 이런 단순한 즐거움은 좋아하지 않지?"

"나는 단순한 즐거움을 아주 좋아해."

헨리 경이 말했다.

"단순한 즐거움이야말로 복잡한 일을 피하는 최후의 피난처잖아. 하지만 무대 밖에서 생기는 소동은 좋아하지 않아. 자네 둘 다 정말 어리석기 짝이 없군! 도대체 누가 인간을 이성적인 동물이라고 했는지 궁금해지는군. 모든 정의 가운데 가장 성급한 정의야. 인간의 많은 속성 중에 이성적인 건 없어. 그렇다는 사실이 나에게는 기쁘지만 아무튼 자네들이 그림을 두고 싸우는 건 바라지 않는다네. 바질, 이 그림을 내게 주게. 이 철없는 소년은 그림을 원하지 않지만 나는 진심으로 원한다네."

"바질, 나 말고 다른 사람에게 이 그림을 주면 절대로 당신을 용서하지 않을 거예요. 그리고 누구든지 나에게 철없는 소년이라고 부르는 것도 용서하지 않겠어요."

도리언 그레이가 소리쳤다.

"도리언, 이 그림이 자네 것이라는 것을 알고 있잖나. 나는 이 그림을 그릴 때부터 자네에게 주려고 했다네."

"그레이, 자네 스스로도 철이 좀 없다는 걸 알고 있겠지? 거기다 당신이 무척 젊다는 걸 내가 상기시켜 줬다는 것도 부정할 수 없을 테고."

"헨리 경, 오늘 아침에 당신이 말했을 때, 아주 강하게 반대했어야 했어요."

"아, 오늘 아침! 자네는 그때 이후로도 나이를 먹었겠군."

바로 그때 문 두드리는 소리가 들리더니 집사가 찻잔이 놓인 쟁반을 들고 들어와 작은 일본식 테이블 위에 놓았다. 잔과 받침 접시가 달그락거렸고 세로 홈 무늬가 있는 조지 왕조풍의 찻주전자에서 쉿쉿 증기가 새는 소리가 났다. 심부름꾼 소년이 둥근 모양의 접시 두 개를 들고 들어왔다. 도리언 그레이가 다가가 차를 따랐고 두 사람도 어슬렁거리며 다가가 뚜껑 속에 든 것을 살펴보았다.

"오늘 밤에 극장에 가세."

헨리 경이 말했다.

"어딘가에서 볼 만한 공연을 하겠지. 화이트에서 저녁 약속이 있긴 한데 오랜 친구니까 내가 몸이 아프다거나 용무가 바빠서 못 가게 됐다고 하면 될 거야. 후자의 변명거리가 더 낫겠군. 아무래도 솔직함이라는 게 좋은 걸 테니."

"예복을 갖춰 입어야 한다는 것은 정말 짜증나."

홀워드가 투덜댔다.

"더구나 사람들이 그렇게 차려 입은 모습을 보는 것도 싫다니까."

"맞는 말이야."

헨리경이 꿈을 꾸는 듯한 목소리로 대답했다.

"19세기 복장은 좀 혐오스러운 구석이 있어. 어쩌나 칙

칙한지 사람을 우울하게 만들거든. 현대 생활에 남아 있는 진정한 색채 요소는 오직 죄악밖에 없어."

"해리, 도리언 앞에서는 제발 그런 말 좀 하지 말아 주게나."

"어떤 도리언 말인가? 우리에게 차를 따르는 도리언인가, 아니면 그림 속의 도리언인가?"

"어느 쪽도 마찬가지야."

"헨리 경, 저는 당신과 함께 극장에 가고 싶어요."

도리언이 말했다.

"그럼 같이 가지. 바질, 자네도 갈 거지?"

"나는 진짜 바빠서 못 가. 할 일이 많거든."

"그렇다면 그레이와 둘이 가야겠군."

"네. 꼭 가고 싶어요."

화가는 입술을 깨물면서 한 손에 찻잔을 든 채 그림 앞으로 다가갔다.

"그럼 나는 진짜 도리언과 여기 있을 거야."

그가 슬픈 목소리로 말했다.

"이 그림이 진짜 도리언이라고요? 내가 정말 저렇게 생긴 건가요?"

초상화의 실제 인물이 흘워드에게 천천히 다가가며 큰
소리로 말했다.

"그래, 자네는 꼭 이렇게 생겼다네."

"바질, 정말 훌륭해요."

"이 그림, 적어도 겉보기에는 그렇다는 얘기일세. 하지
만 그림은 절대로 변하는 법이 없지. 그게 중요한 거야."

흘워드가 한숨을 쉬었다.

"실물과 똑같이 생긴 걸 가지고 왜 그리 난리들이야?
사랑에서도 충실함은 순전히 생리적인 문제라고. 그건 우
리 의지와 전혀 상관없어. 젊은이들이 한 사람에게 충실
하려고 해도 그러기 어렵고 늙은이들이 아무리 부정을 저
지르고 싶어 해도 그럴 수 없는 거야. 그게 다야."

헨리 경이 소리쳤다.

"도리언, 오늘 밤 극장에 가지 말게. 그냥 나랑 함께 저
녁 식사나 하는 게 어떤가?"

"안 돼요, 바질."

"왜?"

"헨리 경이랑 이미 약속했으니까요."

"약속을 지킨다고 해서 그가 자네를 더 좋아하지는 않을 거야. 해리도 늘 약속을 어기거든. 부탁이니까 가지 말게."

도리언 그레이는 주저하듯 웃으며 헨리 경을 쳐다보았다. 그는 차 테이블 앞에서 즐거운 듯 웃으며 그들을 보고 있었다.

"바질, 꼭 가야겠어요."

"알겠네."

홀워드는 찻잔을 쟁반 위에 내려놓았다.

"좀 늦었군. 옷도 갈아입어야 하니 서두르는 게 좋을 거야. 잘 가게, 해리. 다시 보세. 잘 가게, 도리언. 내일 들러주게."

"그럴게요."

"잊지 않을 거지?"

"그럼요. 꼭 올게요."

도리언이 큰 소리로 말했다.

"그리고…… 해리!"

"왜 그래, 바질?"

"오늘 아침에 내가 정원에서 했던 말 제발 잊지 마."

"벌써 잊어버렸어."

"자네를 믿네!"

"나도 나를 믿을 수 있으면 좋겠군. 자, 가자고, 그레이.
내 마차로 집까지 데려다 주지. 잘 있어, 바질. 정말 즐거
운 오후였네."

헨리 경이 웃으며 말했다.

그들이 나간 뒤 문이 닫히고 홀워드는 소파에 털썩 주
저앉았다. 괴로운 표정이 그의 얼굴에 차올랐다.

제3장

도리언의 배경

다음 날 12시 30분, 헨리 워튼 경은 커즌 가에서 올버니까지 산책하듯 걸어서 숙부인 퍼머 경을 만나러 갔다. 나이가 들었는데도 독신으로 사는 퍼머 경은 행동이 조금 거칠지만 다정한 성품을 지닌 사람이었다. 그에게 아무 이득을 얻지 못한 사람들은 그를 이기적인 인간이라고 했지만 자신을 즐겁게 해 주는 사람에게는 더할 나위 없이 베풀었기에 사교계에서는 아량이 넓은 사람으로 통했다.

그의 부친은 스페인의 이사벨라 여왕이 아직 어리고 프림 장군이 알려지기 이전에 마드리드 주재 영국 대사를 지냈는데 파리 주재 대사로 임명되지 않은 것에 대해 화를 내고 사임하고 말았다. 출신 성분이나 성품은 말할 것도 없고, 급송 공문서를 작성하는 뛰어난 문장력과, 쾌락에 대한 지칠 줄 모르는 열정 등을 생각해 볼 때 자신이 파리 대사로 적격이라고 여겼는데 임명되지 못했던 것이다. 아버지의 비서로 일했던 퍼머 경도 함께 일을 그만 두었다. 그 당시에는 모두들 어리석은 짓이라고 여겼다. 그후, 몇 달이 지난 뒤 작위를 받자 아무 일도 하지 않은 채 위대한 귀족의 기술을 진지하게 익혀갔다.

그는 시내에 대저택이 두 채나 있었지만 신경 쓸 일이 적다는 이유로 셋방에서 생활하고 식사는 클럽에서 해결했다. 그는 중부 지방에 있는 탄광을 경영하는 일에 관심을 쏟았는데 이런 사업을 하는 이유가 자신의 집 난로에 남부럽지 않을 정도의 땔감을 마련해 두는 것으로 신사 체면을 구기지 않고 지낼 수 있다는 이유를 댔다. 그는 정치적으로 보수정당인 토리당 당원이었지만 정작 토리당이 장악했을 때는 급진주의자들이라며 강하게 비판했다.

그는 자신을 못살게 들볶는 시종들에게는 영웅, 그가 못살게 괴롭히던 대부분의 친척들에게는 공포의 대상이었다. 그는 영국에서나 나올 법한 인물이었건만 막상 본인은 영국이 망해 가는 중이라고 이야기하곤 했다. 그가 내세우는 원칙이라는 것은 이 시대에 뒤떨어진 것들이 대부분이기는 했지만 나름대로 수긍할 만한 충분한 이유가 있었다.

헨리 경이 방에 들어갔을 때 숙부는 거친 사냥용 외투를 입고 앉아 엽궐련을 피우며 《더 타임스》를 읽으면서 뭐라고 투덜거리고 있었다.

"오, 해리구나. 이렇게 일찍 무슨 일이냐? 너 같은 멋쟁이들은 오후 2시가 되도록 늘어져 있다가 5시 전까지는 집 밖으로 나오지도 않는 줄 알았는데."

노신사가 말했다.

"조지 숙부님, 그건 친척간의 순수한 애정 때문입니다. 숙부님께 뭘 좀 부탁하고 싶은 것도 있고요."

"돈 얘기겠군. 그래, 앉아 봐라. 어디 들어나 보자. 요즘 젊은 사람들이야 돈이 전부지."

퍼머 경이 인상을 찌푸렸다.

"맞아요."

헨리 경은 코트 단추를 만지작거리며 중얼거렸다.

"그리고 젊은 사람들은 점점 나이가 들어가면서야 겨우 알게 되겠지요. 하지만 저는 돈 때문에 온 게 아니에요. 숙부님, 돈은 계산서를 지불해야 하는 사람에게나 필요한 것인데 저는 한 번도 돈을 지불해 본 적이 없거든요. 신용이야말로 젊은이의 자본인 셈이죠. 젊은이들은 그것만 있으면 재미있게 먹고 살 수 있어요. 게다가 저는 항상 다트무어의 상인들과 거래를 하죠. 그들은 저를 성가시게 하는 법이 없어요. 제가 숙부님께 원하는 것은 정보예요. 유용한 정보라기보다는 쓸데없는 거긴 한데……."

"음, 해리, 영국 정부 보고서에 있는 것이라면 뭐든 말해 주지. 요즘에는 별 필요도 없는 얘기들을 많이 써 놓긴 하지만 말이다. 내가 외교부에 있을 때는 지금보다 훨씬 잘 했는데 말이야. 지금은 시험을 봐서 사람을 뽑는다고 하더라. 그래 봐야 뭘 기대할 수 있겠냐? 시험이란 게 처음부터 끝까지 완전히 속임수거든. 누구든 신사라고 하면 많이 알 테고, 신사가 아니라면 그의 지식이 얼마만큼이든 재앙을 불러오는 거야."

"조지 숙부님, 도리언 그레이는 영국 정부 보고서에는

나오지 않을 거예요."

헨리 경이 심드렁하게 말했다.

"도리언 그레이? 그가 누군데?"

퍼머 경이 숱이 많은 하얀 눈썹을 찌푸렸다.

"조지 숙부님, 제가 알고 싶은 게 바로 그거예요. 아니, 정확히 말하자면 그가 누구인지는 알아요. 돌아가신 켈소 경의 외손자로 그의 어머니는 데버루, 그러니까 마거릿 데버루 부인이랍니다. 그의 어머니에 대해 얘기해 주셨으면 합니다. 어떤 분이셨고, 누구와 결혼했나요? 숙부님은 그 시절 분들을 거의 다 아시니까 그 부인도 아실 거예요. 전 지금 그레이에게 흥미를 느끼고 있거든요. 얼마 전에 만났어요."

"켈소의 손자, 켈소의 손자란 말이지!"

노신사가 반복해서 말했다.

"물론 그의 어머니를 잘 알지. 그 여자 세례식에도 참석한 것 같구나. 눈부신 외모를 가진 여자였을 아마. 돈 한 푼 없는 건달 놈하고 달아나는 바람에 다들 난리가 났다. 그 젊은 놈은 별 볼일 없는 보병 연대 소위였을 거다.

마치 어제 일처럼 똑똑하게 기억이 나는구나. 그 불쌍한 놈은 결혼하고 얼마 지나지 않아 스파에서 결투를 하다가 목숨을 잃었어. 그 사건에는 추잡한 얘기가 따라다녔지. 소문에는 켈소가 벨기에 출신의 아주 잔인한 깡패 놈을 하나 사서 사람들 앞에서 공공연하게 사위를 망신시키고는 대가를 지불했다는 거야. 그런 일을 시키고 돈을 주다니. 그랬는데 그 벨기에 놈이 꼬챙이에 비둘기라도 꿰는 것처럼 사위를 찔러 죽인 거라는 소리가 있었어. 그 사건은 모두 쉬쉬해서 덮어 두었지만 그 뒤로 켈소는 한동안 클럽에서 혼자 밥을 먹어야 했지. 자기 딸을 도로 데려왔다던데 딸이 다시는 아버지와 말을 하지 않았다고 하더군.

그래, 참 못 할 짓이지. 그 딸도 1년이 채 안 돼서 죽어 버렸단다. 그런데 그 딸이 아들을 하나 낳은 모양이구나. 그렇다는 거지? 난 그 사실을 까맣게 잊고 있었어. 그녀의 아들은 어떤 청년이더냐? 어미를 닮았으면 아주 잘생긴 청년일 게다."

"예, 아주 잘생겼어요."

헨리 경이 고개를 끄덕였다.

"제대로 된 사람의 품에서 자랐기를."

노인이 말을 이었다.

"켈소가 자기 외손자에 대한 의무를 다했다면 그 젊은 이에게도 상당한 재산이 남겨졌을 거야. 그의 어머니도 재산이 꽤 있었거든. 셀비 가의 모든 재산이 할아버지를 거쳐 전부 그 애에게로 갔지. 그 애 할아버지는 켈소를 미워했고 심지어 개 같은 놈이라고 생각했어. 뭐, 사실이 그렇기도 했고. 언젠가 한번은 내가 마드리드에 있을 때 켈소가 방문한 적이 있는데, 맙소사! 그놈 때문에 내가 당한 망신을 생각하면! 여왕 폐하께서 마차 요금 문제로 마부와 실랑이를 벌이는 저 영국 귀족이 누구냐고 물으셨거든. 큰 비웃음거리였어. 그 얘기가 마부들 입을 통해 퍼지는 바람에 나는 한 달 동안이나 궁정에 얼굴을 내밀 수가 없었단다. 제발 그자가 손자에게는 마부들보다 대접을 잘해 줘야 할 텐데."

"그건 잘 모르겠는데요."

헨리 경이 대답했다.

"아마 그 친구는 풍족하게 살 거예요. 아직은 미성년이거든요. 셀비의 땅을 물려받은 것 같습니다. 저에게 말했거든요. 그런데…… 그 친구의 어머니가 그렇게 미인이셨나요?"

"해리, 마거릿 데버루는 내가 본 가장 사랑스런 여자들 중 한 명이었어. 그런 여자가 도대체 무엇 때문에 그런 행동을 했는지 이해가 가질 않는구나. 그녀가 원하면 누구하고도 결혼할 수 있는 여자였거든. 칼링턴이 미친 듯이 그녀를 쫓아다녔었지. 하지만 그녀는 너무 낭만적인 여자였어. 그 집안 여자들이 다 그렇긴 했지. 여자들은 매우 괜찮았는데 사내놈들은 다 별 볼일 없었어. 칼링턴이 그녀에게 무릎까지 꿇었단다. 그가 내게 직접 말해 주었지. 그가 그렇게까지 했는데, 그녀는 그를 비웃었어. 그 당시 런던에서 그를 좋아하지 않는 처녀는 단 한 명도 없을 정도였는데 말이다. 그런데 해리야, 바보 같은 결혼 얘기가 나와서 말이다만, 다트무어가 미국 여자랑 결혼한다는 얘기는 뭐냐? 네 애비가 말해 주더라. 영국 여자는 싫다는 거냐?"

"조지 숙부님, 요새는 미국 여자랑 결혼하는 게 유행이에요."

"해리, 세상이 그렇게 돌아간다고 해도 나는 영국 여자들의 편에 설 테다."

퍼머 경이 주먹으로 탁자를 내리치며 말했다.

"미국 여자 쪽에 좋은 점이 많아요."

"듣기로는 미국 여자들은 오래 못 간다고 하더라."

숙부가 나지막한 소리로 중얼댔다.

"오랜 약혼 기간이 그들을 지치게 만들긴 하겠지만, 미국 여자들은 야외 장애물 경주에는 탁월하거든요. 날아가듯 뛰어넘을 수 있어요. 다트무어가 미국 여자와 결혼할 수 있을지는 모르겠네요."

"여자 쪽 집안은 어떠냐? 가족들은 있을 테지?"

노인이 더듬대며 말했다.

"영국 여자들이 과거를 숨기는 데 탁월한 재능이 있다면, 미국 여자들은 부모를 숨기는 데 특별한 재능을 갖고 있답니다."

헨리 경은 고개를 저으며 그만 가려고 일어섰다.

"기껏 해야 돼지고기 통조림업이나 하지 않겠니?"

"조지 숙부님, 다트무어를 위해 그랬으면 좋겠네요. 미국에서는 돼지고기 통조림 사업이 정치하는 것 다음으로 돈벌이가 되는 직업이라니까요."

"여자는 예쁘냐?"

"자기가 아름다운 여자인 것처럼 행동하죠. 미국 여자들 대부분이 그렇게 해요. 그게 바로 미국 여자들이 갖고 있는 매력이기도 하고요."

"그 여자들은 왜 자기 나라에 그냥 있지 않는 거냐? 듣기론, 미국은 여자들의 천국이라고 하더구면."

"천국이기 때문에 그래요. 여자들은 이브처럼 미국을 벗어나려고 무던히도 애를 쓰는 거지요. 이제 가 봐야겠어요. 숙부님, 더 있다가는 점심 약속에 늦을 것 같아서요. 제가 바라던 정보를 주셔서 감사해요. 저는 오래 알고 지낸 친구들은 딱히 알고 싶은 게 없지만, 새 친구가 생기면 모든 것을 알고 싶거든요. 안녕히 계세요."

"해리, 점심 식사는 어디서 할 거냐?"

"애거타 숙모님 댁에서요. 저와 그레이 군을 모두 초대해 달라고 부탁드렸거든요. 그레이 군은 요즘 숙모님이 가장 마음에 들어 하는 청년이랍니다."

"흥! 해리야, 숙모에게 가거든 말 좀 전해 다오. 앞으로 다시는 자선기금 타령으로 나를 괴롭히지 말라고 해라. 아주 넌더리가 난다. 왜 그 훌륭한 부인께서는 좋아하면 본인이나 할 것이지 내가 수표에 서명하는 것 말고는 할 일이 없는 사람이라고 생각하는지 모르겠구나."

"알겠어요. 조지 숙부님, 꼭 그렇게 전할게요. 하지만 별로 소용은 없을 것 같습니다. 자선가 중에 인간적인 감각을 갖고 있는 사람들은 없잖아요. 그게 그들의 특성입니다."

노인은 시인하듯 끙 소리를 한 번 내더니 종을 울려 하인을 불렀다.

헨리 경은 낮은 지붕이 이어진 아케이드를 지나 벌링턴 가를 나온 다음 버클리 광장 쪽으로 향했다.

헨리는 괴상하지만 현대적인 로맨스를 암시하는 것 같은 도리언 그레이 부모의 이야기가 생각나 여전히 마음이 울렁거렸다. 미친 열정으로 모든 것을 다 버린 아름다운 여인. 무서운 배신이 가져온 범죄 행위로 최후를 맞게 된 꿈같이 달콤한 몇 주 동안의 행복. 숨죽이고 지낸 여러 달의 고뇌와 고통 속에 태어난 아이. 갑작스레 죽은 어미, 고독과 무정한 늙은이의 횡포 가운데 홀로 남겨진 소년. 그렇다. 이건 분명 흥미로운 성장 배경이었다. 이런 성장 배경으로 인해 도리언은 젊은이다운 태도를 가졌고 더 완벽한 존재로 자랄 수 있었다. 존재하는 모든 훌륭한 것들의 이면에는 비극적인 요소가 숨겨져 있는 법이다. 아무리 흔한 꽃이라도 그것을 피우려면 삶의 고통이 있어야 한다.

어젯밤 클럽에서 저녁을 먹을 때 그는 상당히 매혹적이었다. 깜짝 놀란 듯 크게 뜬 눈과 두렵지만 기쁘기도 한 듯 살짝 벌린 입술로 빨간 등불 아래 앉아 있었다. 그에게 말을 건네는 것은 독특하고 섬세한 바이올린을 연주하는 것과 비슷한 느낌을 주었다. 그는 활을 켜는 대로 섬세하게 반응했고 그에게 이런 영향을 주고 있는 것이 무척 매혹적으로 느껴져서 다른 어떤 일을 하는 것과도 비교할 수 없었다. 사람들은 자신의 영혼을 우아하고 고상한 형태에 투영해 머무르게 하거나, 자신의 지적인 견해가 상대방의 정열과 청춘이 더해진 음악과 합해져 메아리로 돌아오는 것을 듣거나, 자신의 기질을 신비스러운 어떤 액체나 불가사의한 향기라도 되는 것처럼 다른 사람의 마음속에 쏟아부을 때 진정한 기쁨을 느낄 수 있다. 어쩌면 그것은 육욕의 쾌락만을 좇는 편협하고 저속하고 지극히 통속적인 이런 시대에 가장 만족스런 즐거움을 선사하는 건지도 모른다.

아주 진기한 인연으로 바질의 화실에서 만났던 그 젊은이는 경탄할 만한 인물의 전형이거나, 아니면 적어도 그런 인물로 변모할 수 있는 사람이다. 그는 우아한 데다 소년 시절의 순수함을 간직하고 있으며, 지금까지도 변치 않는 모습을 보여 주는 고대 그리스 대리석 조각과 같은 아름다움을 지니고 있었다. 그는 타이탄도 될 수 있고, 하찮은 장난감이 될 수도 있는 청년이었다. 그와 함께라면 못 할 일이 없을 것만 같았다. 그런 아름다움도 시들어 가야만 한다는 것은 얼마나 안타까운 일인지……. 바질은 또한 어떠한가? 심리학적인 관점에서 보면 그도 상당히 독특한 인물이 아닌가! 자신이 어떤 모습인지 알지 못하는 젊은이를 만난 뒤 그에게서 특별한 영감을 받아 예술의 새로운 양식을 찾아내고 인생을 새롭게 바라보게 된 것이다. 어두컴컴한 숲속에 살면서 탁 트인 들판을 거닐 때도 사람들의 시선을 피하던 소리 없는 나무 정령인 드리아스처럼 갑자기 제 모습을 드러낸 것이다. 그것은 드리아스를 찾아 헤매던 그의 정신 속에서 경이로운 영혼을 볼 수 있는 통찰력이 마침내 눈을 떴기 때문에 가능했던 일이 아닐까! 이를테면, 사물의 단순한 모양과 무늬가 그의 손에 들어가 더욱 정교하고 어떤 상징적인 가치가 되는 것과 비슷한 것이다. 그림자처럼 실체가 없던 어떤 형상이 그의 손을 거쳐 실제적인 모양과 무늬를 갖게 되는 것이니 얼마나 신기한 일인가!

헨리 경은 역사 속에서 그와 비슷한 일이 있었는지 기억해 보았다. 이러한 것들을 제일 처음 분석했던 사람은 사상의 예술가인 플라톤이 아니었나? 그리고 그런 것들을 일종의 소네트 연작처럼 형형색색의 대리석으로 조각한 예술가는 미켈란젤로 부오나로티였고? 하지만 우리 시대에는…… 그렇지, 자신도 모르게 초상화를 그려 준 화가에게 영향을 주었던 도리언처럼 앞으로는 화가가 도리언에게 그런 존재가 될지도 모른다. 이제는 그가 도리언을 지배하려고 할 것이다. 아니, 벌써 반쯤은 그렇게 한 것과 다름없다. 사랑과 죽음의 아들인 도리언에게는 사람의 혼을 잡아끄는 묘한 무언가가 있었다.

헨리 경은 갑자기 걸음을 멈추고 주변을 둘러보았다. 숙모의 집을 지나쳐 왔다는 걸 알고는 쓸쓸하게 웃으며 왔던 길을 되돌아갔다. 약간 어두운 홀에 들어섰을 때 집사가 모두들 점심을 먹으러 안으로 들어갔다고 말해 주었다. 그는 하인에게 모자와 지팡이를 건네고 식당으로 향했다.

"또 늦었구나, 해리."

숙모가 고개를 저으며 큰 소리로 말했다.

그는 늘 그렇듯 적당한 핑계를 대고 숙모 옆 빈자리에 앉아 주위를 둘러보았다. 양 볼이 상기된 도리언이 식탁 끝에 앉아 수줍은 듯 고개를 숙여 인사를 했다. 맞은편에는 할리 공작부인이 앉아 있었는데 그녀를 아는 모든 이들이 인정하듯 착하고 온화한 성품에, 공작부인이 아니라면 당대 역사가들이 뚱뚱하다고 했을 만큼 큰 골격을 지녔다. 오른쪽에는 급진당 당원인 토머스 버튼 경이 앉아 있었는데 그는 이중적인 사람으로 공적인 자리에서는 당 지도자를 따르고 사적인 자리에서는 토리 당원들과 최고의 요리사를 찾아 식사를 하는, 자유주의자들과 생각이 비슷한 사람이었다. 공작부인 왼쪽에는 상당한 매력과 교양을 지닌 트레들리 출신의 노신사 어스킨 씨가 앉아 있었다. 한 가지 흠이라면 침묵하는 습관이 있다는 것인데, 언젠가 그가 애거타 숙모에게 자신은 할 말을 모두 30세 이전에 다 해버렸기 때문에 이제는 할 말이 없어 침묵한다고 설명했다는 말을 들은 적이 있다. 헨리 옆자리엔 숙모의 오랜 친구인 밴들로 부인이 앉았는데 여자들 사이에서 거의 성인 취급을 받았지만 지독하게 촌스러운 옷차림 때문에 제본이 잘못된 찬송가 책 같은 생각이 들 정도였다. 다행스럽게도 그녀는 포델 경과 마주 앉아 진지한 대화를 나누고 있었다. 포델 경은 지적인 사람이었지만 평범한 중년 남자로 하원에서 내각이 성명서를 발표하는 것처럼 아주 재미없는 말만 내뱉는 사람이었다. 밴들로 부인은 포델 경과 함께 모든 선량한 사람들이 빠져들고 어떤 누구도 피할 수 없는, 용서받지 못할 잘못은 무엇인지에 대해 진지하게 이야기를 나누고 있었다. 헨리도 언젠가 한번 다루었던 주제였다.

"헨리 경, 우리는 지금 불쌍한 다트무어에 대해 이야기를 하는 중이었답니다. 다트무어가 그 매력적인 젊은 여자랑 결혼할까요? 어떻게 생각해요?"

공작부인이 반갑게 인사를 하며 큰 소리로 말했다.

"공작부인, 그 여자가 다트무어에게 청혼을 하기로 결심한 모양이에요."

"정말 끔찍해. 누구든 말려야 하는 거 아닌가요?"

애거타 부인이 외쳤다.

"믿을 만한 소식에 의하면요, 그 여자 아버지가 포목점을 한다고 합니다."

토머스 버든 경이 거만한 표정으로 말했다.

"토머스 경, 제 숙부님께서는 돼지고기 통조림업자일 거라고 하시던데요."

"포목점이라니! 미국의 포목점은 어때요?"

공작부인이 놀란 것처럼 큰 손을 들어올리며 '어때요'에 힘을 주어 말했다.

"미국 소설 같죠 뭐."

헨리 경이 메추라기 고기를 먹으며 대답했다. 공작부인은 당황한 표정을 지었다.

"공작부인, 쟤가 하는 말에 신경 쓰지 마세요. 별 뜻 없이 하는 말이랍니다."

애거타 부인이 속삭였다.

"미국이 발견되었을 때 말입니다……."

그때 급진파인 토머스 버던 경이 말을 시작했고 지루하기 짝이 없는 사실들을 늘어놓았다. 어떤 주제를 철저하게 파헤치려는 사람들처럼 그도 듣는 사람을 꽤나 지치게 만들었다.

"미국이 발견되지 않았다면 좋았을 걸!"

공작부인이 한숨을 내쉬며 자신의 특권을 내세워 그의 연설을 가로막았다.

"미국 때문에 요즘엔 우리 영국 아가씨들이 기회를 못

잡고 있어요. 이건 대단히 부당한 일이에요."

공작부인이 크게 외쳤다.

"따지고 보면, 미국은 발견된 게 아니라 그저 찾아낸 거라고요."

어스킨 씨가 말했다.

"오! 어쨌든 나는 거기 사는 사람들을 본 적이 있어요. 솔직히 미국 처녀들은 거의 다 예쁘더군요. 옷도 잘 입고요. 그들은 옷을 파리에서 구입해서 입는대요. 나도 파리에서 옷을 사 입을 수 있으면 얼마나 좋을까."

공작부인이 멍한 표정으로 말했다.

"착한 미국인은 죽으면 파리로 간답니다."

낡은 옷을 옷장 가득 모아 두는 사람처럼 남이 했던 유머를 간직했다가 사용하기 좋아하는 토머스 경이 낄낄거리며 말했다.

"어머, 그럼 나쁜 미국인들은 죽으면 어디로 가는 걸까요?"

공작부인이 물었다.

"미국으로 갑니다."

헨리 경이 낮은 목소리로 말했다.

"안타깝게도 부인의 조카 분이 그 위대한 나라에 편견을 가지고 있군요. 제가 미국 전역을 여행할 기회가 있었어요. 그곳 기관장들이 차량을 제공해 주었거든요. 그런 점만 봐도 굉장히 공손하다는 걸 알 수 있지요. 미국을 방문하는 건 분명히 교육적으로 유익할 겁니다."

토머스 경이 인상을 찌푸리며 애거타 부인에게 말했다.

"하지만 교육을 위해 꼭 시카고에 가봐야 하는 건가요? 그런 여행이라면 별로 가고 싶지 않네요."

어스킨 씨가 처량한 목소리로 말했다.

"트레들리의 어스킨 씨는 서재에 세상을 꽂아 두신 모양입니다. 우리처럼 행동을 중요하게 여기는 사람들은 책으로 읽는 것보다 세상을 직접 보는 것을 더 좋아하죠. 미국인들은 무척 흥미로워요. 상당히 이성적인데 그런 점이 미국인 특유의 성격이라고 말할 수 있어요. 어스킨 씨, 정말입니다. 아주 합리적인 사람들이에요. 미국인에 대해서는 이게 가장 적합한 말입니다."

토머스 경이 손을 내저어 가며 말했다.

"짜증이 나네요! 저는 난폭한 힘은 참을 수 있지만 난폭한 이성은 참을 수 없습니다. 맹목적으로 이성을 추구하면 불공정한 것이 생기기 마련이거든요. 지성을 내세우면서 폭력을 행사하는 꼴이 되지요."

"무슨 말인지 모르겠구먼."

토머스 경의 얼굴이 발개졌다.

"헨리 경, 나는 이해하네."

어스킨 씨가 미소를 지으면서 작은 소리로 말했다.

"역설이라는 게 타당하긴 하지만 그 경우엔……."

준 남작인 토머스 경이 말을 받았다.

"그게 역설이었나요?"

어스킨 씨가 물었다.

"나는 그렇게 생각하지 않았지만, 어쩌면 그게 맞을 수도 있겠네요. 역설이 진리를 추구하는 방식이니까요. 진리인지 아닌지를 알기 위해서는 팽팽한 줄 위에 올려놓아야 해요. 진실이 곡예를 할 때 우리는 진실을 판단할 수 있거든요."

"이런!"

애거타 부인이 말했다.

"남자들은 왜 그리도 논쟁하는 것을 좋아하는지 모르 겠어요. 당신들이 하는 말은 전혀 알아들을 수가 없어요. 참! 해리, 너 때문에 화가 나는구나. 왜 착한 도리언 그레 이를 부추겨 이스트엔드에서 자선활동을 하는 것을 포기 하라고 한 거냐? 도리언은 아주 유능한 인물이란 말이야. 그가 연주하는 걸 사람들이 무척 좋아할 텐데."

애거타 부인이 말했다.

"저는 도리언이 저를 위해 연주해 주기를 바라거든요."

헨리 경이 미소를 지으면서 큰 소리로 대답하고 식탁 을 둘러보다 그 말에 환하게 미소 짓는 눈길을 찾아냈다.

"하지만 말이다 화이트채플에 있는 사람들은 정말 불 행하단다."

애거타 부인이 말을 이었다.

"저는 고통을 뺀 모든 것에 다 동정할 수 있어요. 하지 만 고통은 너무 추하고 끔찍하고 비참해서 도저히 동정할 수가 없어요. 현대는 고통에 대해 역겹고 병적인 동정을 한단 말입니다. 누구든지 삶의 색채와 아름다움, 기쁨에 대해 공감해야 해요. 삶의 상처에 대해서는 언급하지 않는 게 좋단 말입니다."

헨리 경이 어깨를 으쓱해 보이며 말했다.

"그래도 빈민가는 매우 중요한 문제요."

토머스 경이 심각한 표정으로 머리를 흔들었다.

"그거야 당연하죠. 노예제도가 문제인데 우리는 노예들의 기분을 풀어 주는 것으로 그것을 해결하려는 것과 비슷하다는 말입니다."

젊은 헨리 경이 대답했다.

"그럼 자네는 어떤 해결을 해야 한다고 보나?"

"저는 영국에서 날씨를 빼놓고는 어느 것 하나도 바뀌었으면 하고 바라는 게 없답니다. 철학적인 사색으로 만족하고 있어요. 하지만 19세기가 지나치게 동정을 하는 바람에 파산을 했으니 이제 그것을 바로잡기 위해서는 과학을 차용해야 할 거예요. 감성은 우리를 잘못된 길로 들어서게 만드는 게 장점인 반면에 과학은 감정적이지 않다는 것이 장점이지요."

헨리 경이 웃으며 말했다.

"하지만 우리에게는 큰 책임이 있어요."

밴들러 부인이 주뼛거리며 말했다.

"아주 막대한 책임이죠."

애거타 부인이 공감을 표했다.

"인간은 스스로를 너무 심각하게 생각하는 경향이 있어요. 그게 바로 세상의 원죄입니다. 동굴에 살던 원시 인류가 만약 웃는 법을 알았더라면 역사가 달라졌을 거예요."

헨리 경은 어스킨을 바라보았다.

"당신 말을 들으니까 마음이 편해지네요. 나는 이스트 엔드에는 전혀 관심이 없어서 언제나 당신 숙모를 보러 올 때면 죄책감 같은 게 느껴지곤 했거든요. 이제는 얼굴을 붉히지 않고도 당당하게 바라볼 수 있겠어요."

공작부인이 경쾌한 목소리로 말했다.

"공작부인, 부인은 얼굴에 홍조를 띤 모습이 아주 매력적이세요."

헨리 경이 말했다.

"아휴, 그것도 젊었을 때 얘기지요. 나 같은 늙은이는 얼굴이 붉어지는 게 나쁜 신호랍니다. 아! 헨리 경, 다시 젊어질 수 있는 방법이 있다면 말해 줘요."

공작부인이 대답했다.

"공작부인, 혹시 젊은 시절에 저지른 잘못이 생각나십니까?"

헨리 경이 잠시 생각하다가 식탁 맞은편에 앉은 공작부인을 쳐다보며 물었다.

"그럼요, 너무 많아요."

"그렇다면 그 잘못들을 다시 한 번 저지르세요. 누구든 젊은 시절로 가고 싶다면 어리석은 과거의 행각을 되풀이하면 됩니다."

그가 진지하게 말했다.

"아주 재미있는 이론이군요! 꼭 한번 해 봐야겠어요."

공작부인이 소리쳤다.

"위험한 이론이야."

토머스 경이 굳게 다물었던 입술을 떼며 말했다. 애거타 부인은 고개를 저었지만 무척 즐거운 듯 보였고, 어스킨 씨는 그저 다른 사람의 이야기를 듣기만 했다.

"맞습니다."

헨리 경이 말을 이었다.

"그게 바로 인생의 가장 큰 비밀 중 하나죠. 요즘 대부분 사람들은 은근히 달라붙는 상식에 때문에 죽을 맛이지만 절대 후회하지 않는 유일한 것이 바로 자신이 저지른 실수라는 점을 너무 늦게 깨닫게 되는 겁니다."

식탁 주위가 웃음으로 가득 찼다.

헨리 경은 처음에는 생각을 자유롭게 가지고 놀다가 점점 강하게 밀어붙였다. 생각을 공중에 던져 올리고 모양을 바꾸었다. 또 그 생각이 달아나도록 내버려두었다가 다시 사로잡곤 했다. 거기에 환상을 더해 무지갯빛으로 물들게 했다가 역설의 날개를 달아 주어 훨훨 날아가도록 만들기도 하는 것이다.

그의 말이 계속되면서 어리석음을 찬양하는 말은 철학이 되고, 철학은 또 점점 생생해져 광기 어린 음악인 쾌락을 붙잡고, 포도주로 얼룩진 옷과 담쟁이덩굴로 만든 관을 쓰고 바커스 신의 여사제인 바캉트처럼 인생의 언덕에 서서 춤을 추었으며 술이 깬 바커스의 양부를 놀려 댔다.

철학 앞에서는 사실들이 겁에 질린 숲의 짐승들처럼 도망쳤다. 철학의 하얀 두 발은 현자인 오마르가 앉아 있는 커다란 압착기를 밟았다. 마침내 철학의 맨발 주위로 진홍빛 거품이 끓어오르며 포도즙이 뚝뚝 떨어졌다. 술통 안에서 기어 나오듯 솟아올라 큰 술통의 검은 옆구리를 따라 흘러내리는 붉은 거품이 흐르는 눈물처럼 떨어지기도 했다. 이런 생각은 즉흥적으로 떠오른 것이었다. 그는 도리언 그레이가 자신을 바라보고 있다고 느꼈다. 청중 가운데 오직 한 사람을 매혹시키고 싶다는 생각이 그에게 재치와 다채로운 상상력을 넣어 주는 것 같았다.

그는 재치가 번뜩였으며 듣는 이를 매료시켰고 무책임하기도 했다. 그는 이야기를 듣는 사람의 넋을 쏙 빼 놓았고, 청중은 피리 소리를 뒤따르는 것처럼 그에게 이끌렸다. 도리언 그레이는 헨리 경에게서 시선을 떼지 못하고 마술에 걸린 사람처럼 앉아서 침울한 눈에 경탄의 빛을 담고 미소를 지었다.

마침내 현실이 제복 입은 하인의 모습으로 들어와 공작부인의 마차가 대기하고 있노라고 알려 주었다. 그녀는 하인의 말을 듣기도 싫다는 듯 양손을 비볐다.

"아이, 귀찮아! 나는 이제 가 봐야겠네요. 클럽에서 남편을 만나 함께 윌리스 룸에서 열리는 좀 우스운 모임에 가야 하거든요. 거기서 남편이 회장을 맡기로 했답니다. 늦으면 남편이 화낼 텐데 이 보닛을 쓴 채 싸움을 벌일 수는 없죠. 워낙 약해서 험한 말만 들어도 틀림없이 찌그러지고 말 거예요. 애거타 부인, 가 볼게요. 헨리, 당신은 정말 유쾌한 데다 사람을 당황스럽게 만드는 재주가 있어요. 당신이 한 말을 어떻게 생각해야 할지 모르겠어요. 언제 우리 집에 들러서 저녁이나 함께 들어요. 화요일은 어떨까요? 별다른 약속 없으시죠?"

"공작부인, 부인을 위해서라면 다른 누구와의 약속도 모두 어길 겁니다."

헨리 경이 고개를 숙여 인사하며 말했다.

"어머, 당신은 정말 친절하면서도 못됐어요. 그럼 꼭 와야 해요."

부인이 큰 소리로 말하고는 재빨리 방을 빠져나갔다. 애거타 부인과 다른 부인들도 그 뒤를 따랐다.

헨리 경이 다시 자리에 앉자 어스킨 씨가 식탁을 빙 돌아와 헨리 경 가까이에 있는 의자를 당겨 앉더니 그의 팔에 손을 얹었다.

"자네가 하는 말을 들으니 책을 써 내도 될 정도더군. 한 권 써 보는 게 어떤가?"

"어스킨 씨, 저는 책 읽기를 워낙 좋아해서 직접 쓰는 일은 별로 관심이 없답니다. 그래도 소설은 꼭 한번 써 보고 싶어요. 페르시아 융단처럼 아름답고도 비현실적인 걸로요. 하지만 영국에는 문학을 좋아하는 대중이 없어요. 신문이나 기도서, 백과사전들을 읽는 사람들뿐이죠. 영국 사람들만큼 문학에 대한 미적 감각이 없는 사람들도 드물지요."

"유감스럽지만 자네 말이 맞네."

어스킨 씨가 대답했다.

"나도 한때는 문학에 대해 꿈꾼 적이 있었지만 오래 전에 그 꿈을 포기했지. 그건 그렇고, 이렇게 불러도 실례가 안 된다면 젊은 친구라고 하고 싶은데 말이오. 젊은 친구, 아까 점심 먹으면서 한 말들은 모두 진심이었나?"

"무슨 말을 했는지 모두 잊어버렸습니다. 제가 아주 고약한 말을 했던가요?"

헨리 경이 미소를 지었다.

"아주 고약했지. 사실 나는 자네가 매우 위험한 인물이라는 생각을 했네. 만약에 우리의 선량한 공작부인에게 무슨 일이 생긴다면 우리 모두 자네에게 큰 책임이 있다고 생각할 걸세. 하지만 나는 자네와 인생에 대해 얘기하고 싶구먼. 우리 세대는 정말 따분하거든. 언제든 런던이 지겨워지면 트레들리로 내려오게. 내게 마침 훌륭한 부르고뉴산 포도주가 있으니 그걸 마시면서 자네의 쾌락에 대한 철학을 듣기로 하지."

"마음이 끌립니다. 트레들리 방문은 제게도 영광이에요. 훌륭한 주인에, 훌륭한 서재까지 있으니 말입니다."

"자네가 온다면 그 서재가 더욱 완벽해질 걸세. 그럼, 이제 그만 가야겠네. 훌륭하신 당신의 숙모에게 인사를 하고 애서니엄 클럽에 가야지. 거기서 자야 할 시간이 됐거든."

노신사가 정중하게 인사하며 말했다.

"어스킨 씨, 회원들 모두 잠을 잔단 말입니까?"

"40명 회원이 모두 안락의자 40개에서 잠을 청한다네. 우리가 영국학술원을 운영하는 거라고 보면 된다네."

"저는 공원에 가야겠습니다."

헨리 경이 크게 웃으면서 일어났다.

"저도 함께 가요."

헨리 경이 문을 나서는 순간 도리언 그레이가 팔을 잡으며 나지막하게 말했다.

"그렇지만 난 자네가 바질 홀워드와 만나기로 약속한 걸로 알고 있는데?"

"당신과 함께 가고 싶어요. 그래요. 나는 당신과 함께 가야겠어요. 그렇게 해 줘요. 그리고 내게도 언제든 얘기를 들려주겠다고 약속해요. 당신처럼 멋지게 말하는 사람은 본 적이 없어요."

"아아, 오늘은 이미 너무 많이 말했어."

헨리 경이 미소를 지으며 말했다.

"지금은 그냥 삶을 바라보고 싶은 마음뿐이야. 괜찮다면 함께 가서 삶을 바라보자고."

제4장

열렬한 첫사랑

한 달이 지난 어느 날 오후, 도리언 그레이는 메이페어에 위치한 헨리 경의 저택 작은 서재의 호화로워 보이는 안락의자에 몸을 기대 앉아 있었다. 서재는 나름대로 꽤 근사했다. 올리브색을 칠한 참나무로 패널을 만들어 벽면의 3분의 1 높이까지 덧댄 것이나 우윳빛 장식 띠, 섬세하게 조각한 석고로 꾸민 천장, 기다란 비단술이 달린 페르시아 양탄자로 뒤덮은 듯한 벽돌색 양탄자는 서재를 나름대로 근사하게 보이게 했다.

새틴나무로 만든 작은 탁자 위에는 클로디옹의 작은 조각품이 세워져 있고 클로비스 이브가 마르그리트 드 발

루아를 위해 제본한 『100편의 단편 모음집』이 있었는데 여왕이 자신의 문장(紋章)으로 선택한 금박 입힌 데이지 장식이 새겨져 있었다. 벽난로 선반에는 꽤 커다란 푸른 도자기 항아리 몇 개와 패롯 튤립이 줄지어 놓여 있었다. 테두리를 납으로 만든 작은 유리창을 통해 런던의 여름 햇살이 부드러운 살구 빛으로 흘렀다.

헨리 경은 아직 돌아오지 않았다. 시간을 정확히 지키는 것은 시간을 훔치는 거라는 자신의 원칙에 따라 언제나 시간을 지키는 법이 없었다. 그래서 도리언 그레이는 약간 부루퉁한 표정으로 책꽂이에서 정교한 삽화가 실린 『마농레스코』를 꺼내서 뒤적이고 있었다. 단조롭게 규칙적으로 째깍대는 루이 14세풍 시계 소리도 거슬렸다. 그는 그냥 가 버릴까 하는 생각이 한두 번 들었다.

이윽고 발소리가 들리고 문이 열렸다.

"해리, 왜 이렇게 늦었어요?"

그가 투정하듯 말했다.

"그레이 씨, 해리가 아니라서 어쩌죠?"

낯선 목소리가 대답했다.

도리언은 재빨리 돌아보고는 자리에서 일어났다.

"죄송합니다. 저는 헨리 경이……."

"제 남편인 줄 아셨군요. 저는 그 사람 부인이에요. 사진을 하도 많이 본 덕에 당신에 대해서는 아주 잘 알지요. 아마 제 남편이 가지고 있는 사진이 열일곱 장은 될 거예요."

"헨리 부인, 열일곱 장은 아닙니다."

"글쎄요. 그럼 열여덟 장이겠지요. 요전 날 밤에도 당신이 남편이랑 오페라극장에 함께 있는 걸 봤어요."

그녀는 신경질적으로 웃어 대며 물망초 같은 흐릿한 눈빛으로 그를 바라보았다. 묘한 분위기를 풍기는 여자였다. 그녀가 입은 옷은 홧김에 맞추고 격정적인 감정일 때 걸친 것 같은 분위기를 냈다. 그녀는 보통 누군가에게 사랑에 빠지고는 했는데 상대방은 반응을 보이지 않았기에 늘 환상만 간직하곤 했다. 그녀는 아주 아름답게 보이려고 애썼지만 단정치 못하게 보일 뿐이었다. 그녀의 이름은 빅토리아였으며, 교회에 열성적으로 다니는 광신도였다.

"헨리 부인, 〈로엔그린〉 공연 때였나요?"

"맞아요, 〈로엔그린〉 공연이었어요. 나는 누구보다 바그너의 음악을 좋아해요. 너무 시끄러운 소리가 나서 내 목소리가 다른 사람에게 들릴까 봐 의식하지 않고도 공연 내내 마음 놓고 떠들어 댈 수 있거든요. 그건 정말 좋은 점이에요. 안 그런가요?"

그녀는 또 방금 전과 똑같은 신경질적인 웃음소리를 얇은 입술 사이로 내보냈다. 그러더니 거북등갑으로 만든 긴 종이칼을 손가락으로 만지작거리기 시작했다.

도리언은 미소를 지으며 고개를 저었다.

"헨리 부인, 유감스럽지만 저는 그렇게 생각하지 않아요. 적어도 좋은 음악이 연주될 때는 결코 말을 하지 않습니다. 나쁜 연주를 들을 때는 대화로 그런 음악 소리를 묻어 버려야 하겠지만요."

"아! 그건 해리의 견해네요. 아닌가요, 그레이 씨? 나는 항상 해리의 견해를 그이의 친구들에게서 듣는답니다. 그런 식이 아니면 그이의 견해를 알 수가 없어요. 하지만 내가 훌륭한 음악을 싫어한다고 생각하시면 안 돼요. 나는 훌륭한 음악을 높이 평가하지만 두려워하기도 해요. 음악은 나를 너무 로맨틱하게 만들거든요. 나는 피아니스트들을 전적으로 숭배한답니다. 해리 말로는 내가 한꺼번에 두 명을 숭배한 적도 있다고 하는데 이유가 뭔지는 나도 몰라요. 아마 그들이 외국인이라 그런 거라고 생각해요. 피아니스트들은 모두 외국인이에요. 심지어는 영국에서 태어난 사람들도 조금만 지나면 외국인이 되어 버리더군요. 안 그런가요? 현명한 거예요. 예술에 대한 경의를 표하는 일이기도 하고요. 예술을 세계 공통의 것으로 만들거든요. 안 그런가요?

그건 그렇고, 그레이 씨는 제 파티에 참석한 적이 없으시죠? 꼭 한번 오세요. 제가 난초 꽃을 살 여유도 없지만 외국 음악가들에게는 돈을 아끼지 않는답니다. 그 사람들이 있으면 방 안이 온통 그림 같아지거든요. 오, 이런, 해리가 왔네요! 해리, 당신에게 뭘 물어볼 게 있어서 왔다가, 그런데 그게 뭔지는 깜빡 잊고 말았지만 여기서 그레이 씨를 만났지 뭐예요. 우린 음악에 대해 즐겁게 얘기를 나눴어요. 우리는 생각이 아주 똑같더라고요. 아니지, 아주 달랐던 것 같기도 하고. 하지만 그레이 씨는 아주 멋진 분이에요. 만나서 정말 반가웠어요, 그레이 씨."

"여보, 잘했어. 나도 기쁘군."

헨리 경은 초승달 모양을 한 짙은 눈썹을 치켜 올리며 흐뭇하게 두 사람을 바라보았다.

"도리언, 늦어서 정말 미안하네. 워더 가에 오래된 비단 한 필을 구하러 갔었는데 흥정하는 게 오래 걸렸지 뭔가. 요즘 사람들은 가격은 잘 알지만 진정한 가치는 잘 모른다니까."

"아쉽지만 전 이만 가 봐야겠어요."

헨리 부인이 갑작스럽게 바보 같은 웃음으로 어색한 침묵을 깨며 큰 소리로 말했다.

"공작부인과 함께 나가기로 했거든요. 그레이 씨, 잘 있어요. 여보, 당신 저녁 식사는 밖에서 하는 거죠? 나도 그럴 텐데 말예요. 손베리 부인 댁에서 만나게 될지도 모르겠네요."

"아마 그럴 거요."

부인이 밤새 비를 맞은 극락조 같은 모습으로 희미한

재스민 향을 남기고 방에서 나가자 헨리 경이 문을 닫고 담배를 붙여 물고는 소파에 털썩 주저앉았다.

"도리언, 밀짚 빛깔 머리카락을 가진 여자와는 절대로 결혼하지 말게."

그가 담배 연기를 몇 번 내뿜고 말했다.

"왜요, 해리?"

"그런 여자들은 너무 감상적이거든."

"하지만 저는 감상적인 여자를 좋아해요."

"도리언, 결혼은 절대 하지 말게. 남자들은 지쳐서 결혼하는 반면에 여자들은 호기심으로 결혼을 하지. 여자든 남자든 결국에는 모두 실망하게 마련이야."

"해리, 나는 결혼할 것 같지는 않아요. 그저 사랑하기도 벅찬 걸요. 이것도 당신이 말한 격언들 중 하나지요. 당신이 말한 대로 모두 실천하고 있듯이 나는 앞으로 그것도 실천할 생각이에요."

"자네 누굴 사랑하고 있나?"

잠시 생각을 하다가 헨리 경이 물었다.

"여배우예요."

도리언 그레이가 얼굴을 붉히며 말했다.

"첫발을 내딛는 것치고는 꽤나 진부하군."

헨리 경이 어깨를 으쓱했다.

"해리, 그녀를 직접 보면 그런 말이 나오지는 않을 겁니다."

"이름이 뭔데."

"시빌 베인이라고 해요."

"처음 듣는 이름인데."

"아직은 그녀의 이름을 들어본 사람은 없을 거예요. 하지만 언젠가는 사람들이 그녀의 이름을 알게 될 거라고 생각해요. 그녀에게는 천부적인 재능이 있거든요."

"여보게. 천부적인 재능을 가진 여자는 없어요. 여자는 그냥 장식 같은 성별일 뿐이지. 여자들은 제대로 된 이야깃거리 하나 없으면서 쓸데없는 이야기를 아주 근사하게 부풀리지. 남자들이 도덕에 대한 정신의 승리를 대표한다면, 여자들은 정신에 대한 물질의 승리를 대표한다네."

"해리, 어떻게 그런 말을 할 수 있어요?"

"도리언, 이건 분명한 사실이야. 내가 요즘 여자를 분석

중이어서 잘 알고 있다네. 이 주제는 생각했던 것만큼 복잡하진 않아. 나는 결국 여자들은 두 가지 종류가 있다는 걸 발견했지. 꾸밈없는 여자와 치장하는 여자. 꾸밈없는 여자들은 아주 쓸모가 많아. 자네가 훌륭한 인품을 지녔다는 평판을 듣고 싶다면, 그런 여자들의 콧대를 꺾어 저녁 식사만 하면 된다네. 색깔 있는 여자들은 아주 매력적이지. 하지만 한 가지 실수를 하게 마련이야. 그런 여자들은 부단히 젊어 보이고 싶어서 화장을 하지. 우리 할머니 세대들은 재기 넘치게 말을 하려고 화장을 했지. 입술연지와 재치가 함께 붙어 다니곤 했지. 이제는 그런 것들이 모두 사라졌지. 요즘 사람들은 자기 딸보다 열 살 정도 어려 보일 수만 있다면 그걸로 만족하더군. 그래서 대화를 할 만한 여자를 런던에서 찾자면 다섯 명 정도뿐이지. 그나마 두 명은 점잖은 사교계엔 발을 들여놓을 수 없는 여자야. 그건 그렇고, 당신의 천재 아가씨 얘기를 들어 보세. 그 여자와 얼마나 사귄 건가?"

"오, 해리! 당신의 생각을 듣고 있자니 겁이 나는군요."

"내 말에 신경 쓰지 말게. 그녀를 안 지는 얼마나 되었는가?"

"3주 정도 됐어요."

"그럼 어디서 만났지?"

"해리, 말할게요. 하지만 내 이야기에 대해 너무 냉담하게 반응하진 말아요. 내가 당신을 만나지 않았다면 이런 일은 결코 일어나지 않았을 거예요. 당신은 저에게 삶의 모든 것을 알고 싶다는 욕망을 심어 놓았어요. 당신을 만난 뒤로 며칠 동안 제 혈관 속에서 뭔가가 고동치는 걸 느꼈어요. 공원을 산책할 때나 피카딜리 거리를 걸을 때면, 나는 지나가는 사람들을 유심히 바라보면서 그들은 어떤 삶을 살고 있을까 몹시 궁금해지곤 하더군요. 그들 중 어떤 사람들은 나를 매혹하기도 했어요. 그리고 어떤 사람들은 무섭기도 했고요. 독약 같은 기운이 공기 중에 퍼져 있었지요. 온갖 감정들이 마구 날뛰는 느낌을 받았어요.

그러다가…… 어느 날 저녁 7시쯤 됐을 거예요. 어떤 모험을 해 보고 싶어서 거리로 나섰어요. 언젠가 당신이 말한 것처럼 수많은 사람들, 추악한 죄인들, 깜짝 놀랄 만한 죄악들이 넘치는 잿빛 런던이 틀림없이 나를 위해 뭔가를 준비했다는 생각이 들었거든요. 수많은 것들을 상상했죠. 위험한 일조차도 마냥 기쁘게 느껴졌어요. 우리가 처음 함께 밥을 먹던 그 멋진 저녁에 당신이 했던 말이 생생하게 떠올랐어요. 인생의 진정한 비밀인 아름다움을 추구하라던 그 말이요. 도대체 뭘 기대한 건지도 모르는 채 동쪽을 향해 이리저리 걷다가 미로 같은 거리, 풀 한 포기 볼 수 없는 광장에서 길을 잃고 말았지요. 8시 반쯤 되었을 때 어떤 괴상한 극장 앞을 지나게 되었는데 가스등의 커다란 불꽃이 타오르고 촌스럽게 번들거리는 광고 전단지가 붙어 있었어요. 극장 입구에는 생전 처음 보는 괴상한 조끼 차림의 섬뜩하게 생긴 유대인이 싸구려 시가를 피우고 있더군요. 기름을 뒤집어쓴 곱슬머리에 때로 얼룩진 셔츠를 입었는데 가슴팍에는 커다란 다이아몬드가 번쩍거렸어요. 나를 보더니 굽실대면서 모자를 벗고 '특별석으로 드릴까요, 나리' 그러더군요.

해리, 그자는 정말 뭔가 특이한 구석이 있었어요. 괴물 같이 생겼어요. 흥미가 당기더군요. 당신은 비웃으실 테지만, 극장 안으로 들어가 1기니를 내고 무대 옆 특별석에 앉았답니다. 지금도 왜 그랬는지는 모르겠어요. 하지만 그렇게 하지 않았더라면……. 해리, 정말로 그렇게 하지 않았더라면 나는 내 인생 최고의 로맨스를 놓쳤을 거예요. 당신이 비웃는 거 알아요. 해리, 정말 너무하시네요."

"도리언, 비웃는 게 아니야. 적어도 당신을 비웃는 건 아니야. 하지만 자네는 인생 최고의 로맨스라고 말해서는 안 돼. 그저 인생 최초의 로맨스라고 하면 돼. 자네는 죽을 때까지 언제나 사랑을 받을 테고, 사랑이라는 대상과 사랑에 빠지게 될 거야. '위대한 열정'이라는 건 할 일 없는 사람들이 누리는 특권이야. 한 나라의 할 일 없는 계급들이 필요한 이유 중 하나가 바로 그거야. 너무 겁내지 말게 앞으로 자네에게 강렬한 일들이 예비되어 있으니, 이건 시작에 불과해."

"제 천성이 그렇게 얄팍하단 말씀인가요?"

도리언 그레이가 화를 내며 외쳤다.

"아니, 난 자네의 천성이 아주 깊다고 생각해."

"무슨 뜻이지요?"

"여보게. 일생에 단 한 번 사랑을 하고 마는 사람들이야말로 정말 얄팍한 사람들이야. 그들은 그걸 두고 헌신이나 정절이라고 이름 붙이지만, 나는 습관에서 오는 무기력이나 상상력 부족이라고 부르지. 감정적인 삶을 살면서 충실을 얘기하는 건 지성의 삶을 살면서 일관성을 주장하는 것과 같은 꼴이야. 한마디로 실패한 인생이라고 고백하는 것과 같아. 충실함! 언젠가는 그걸 분석할 거예요. 충실함 속에는 소유에 대한 집착이 숨어 있어. 우리에게는 다른 사람이 주워 갈까 걱정하지 않는다면 내던지고 싶은 물건들이 많이 있지. 하지만 지금은 자네의 말을 방해하고 싶지 않군. 계속 이야기를 해 보게."

"음. 저는 유치한 무대 현수막이 바로 앞에 보이는 아주 작은 특별석에 앉게 됐어요. 나는 커튼 사이로 머리를 내밀고 극장 안을 훑어보았는데 온통 큐피드라든가 풍요의 뿔 같은 것으로 장식해 놓았더군요. 싸구려 웨딩케이크처럼 보였어요. 맨 위층 관람석과 일층 뒤쪽 자리에는 사람들이 꽤 있었는데 우중충한 무대 앞 일등석 두 줄은 텅 비어 있고 특별석이라고 부르는 자리에는 사람이 거의 없었어요. 여자들은 오렌지와 진저비어를 들고서 왔다 갔다

했고 남자들은 땅콩을 엄청 먹어 대더군요."

"영국 연극의 전기 때와 비슷했던 모양이군."

"맞아요. 딱 그랬을 거예요. 아주 우울한 기분이 들더군요. 도대체 내가 뭘 하고 있는 건지 의아한 생각이 들기 시작하는데, 마침 연극 전단이 눈에 들어왔어요. 해리, 무슨 연극이었을 것 같아요?"

"〈백치소년〉 아니면 〈벙어리지만 순박한 사람〉 따위였겠지. 우리 아버지 세대들은 아마 그런 종류의 연극을 좋아했을 거야. 도리언, 나는 나이를 먹어갈수록 무엇이든 우리 아버지 세대가 좋아했던 것들이 우리에게는 전혀 그렇지 않다는 생각이 강하게 들어. 정치에서처럼 예술에서도 '레 그랑페르 송 투주르 토르(할아버지들은 늘 틀리지)'!"

"해리, 하지만 그날 연극은 우리도 아주 좋아하는 〈로미오와 줄리엣〉이었어요. 그렇게 지저분하고 추악한 웅덩이 같은 곳에서 셰익스피어의 연극을 본다고 생각하니 어쩔 수 없이 짜증이 나긴 하더군요. 그래도 무슨 이유에선지 흥미가 느껴졌어요. 아무튼 나는 1막이 시작되길 기다렸어요. 형편없는 연주가 시작되고 부서진 피아노 앞에

앉아 있던 유대인 청년이 지휘를 하는데 깨진 소리를 내
는 바람에 뛰쳐나가고 싶었어요. 한데 마침내 무대의 막
이 오르고 연극이 시작되더군요. 뚱뚱한 중년 신사가 로
미오 역을 맡았는데 맥주통 같은 체형에 눈썹은 코르크
먹으로 검게 칠하고 굵고 낮은 목소리가 비극적인 느낌
을 주더군요. 머큐시오 역도 비슷했어요. 삼류 코미디언
이 맡아서는 자기 맘대로 익살맞은 대사를 늘어놓더군요.
1층 관객들하고 친한지 아는 척을 하기도 하고요. 두 배우
모두 무대장치처럼 괴상하기 짝이 없었어요. 시골 오막살
이집에서 가지고 나온 것처럼 보이는 무대장치였거든요.
하지만 줄리엣은! 그녀는 달랐어요. 해리, 열일곱도 안 된
소녀를 상상해 보세요. 작은 꽃송이 같은 얼굴, 짙은 갈색
머리카락을 땋아 올린 그리스 조각상 같은 머리, 열정을
품은 깊은 보랏빛 우물 같은 눈동자, 그리고 장미 꽃잎 같
은 입술! 상상해 보세요. 그녀만큼 사랑스러운 여자는 처
음 봤어요. 당신이 내게 말한 적이 있죠. 그 어떤 비애감
도 당신의 마음을 움직일 수 없지만, 아름다움, 그 아름다
움만으로 당신의 눈에 눈물이 가득 고이게 할 수 있다고

말이에요.

해리, 솔직히 말하는데, 샘솟는 눈물에 눈앞이 부옇게 가려 그 소녀를 제대로 볼 수가 없었답니다. 게다가 그 목소리! 그런 목소리는 한 번도 들어 본 적이 없어요. 처음에는 아주 낮고 깊은 목소리가 듣는 사람의 귀에 감미롭게 한마디 한마디씩 내려앉는 것 같았어요. 그러다가 조금씩 소리가 커지면서 플루트 소리나 멀리서 들려오는 오보에 소리처럼 들렸답니다. 정원에 있는 장면을 연기할 때는 동트기 전에 들리는 나이팅게일 소리처럼 황홀해서 온몸이 떨릴 지경이었어요. 나중엔 격정적인 바이올린 소리 같은 음색도 몇 번이나 들렸어요. 당신은 목소리 하나로 사람의 마음을 얼마나 흔들 수 있을지 알거예요. 나는 당신 목소리와 시빌 베인의 목소리는 결코 잊지 못할 겁니다. 눈을 감으면 두 목소리가 들리는데 어느 쪽을 따라야 할지 모르겠어요.

왜 그녀를 사랑해서는 안 되는 거지요? 해리, 나는 그녀를 정말 사랑해요. 그녀는 제 인생의 모든 것입니다. 나는 밤마다 그녀가 하는 연극을 보러가요. 어느 날은 로잘린드(셰익스피어의 〈뜻대로 하세요〉의 여주인공)가 되었다가 다음 날에는 이모겐(셰익스피어의 〈심벨린〉 여주인공)이 되더군요. 나는 어두운 이탈리아의 무덤가에서 연인의 입술에서 독을 빨아들이며 죽어가는 그녀를 보았어요. 반바지에 몸에 꼭 끼는 더블릿을 걸치고 고상한 모자를 쓴 귀여운 소년이 되어 아덴의 숲을 헤매는 모습도 보았지요. 그녀가 실성한 채로 죄지은 왕 앞에 나타나 루타(뉘우침과 후회의 상징)를 주면서 몸에 바르라고 하고 쓴 약초를 주며 맛보라고도 했지요. 그녀는 결백했지만 질투에 불타는 검은 손에 갈대 같은 목을 졸리고 말았지요. 나는 온갖 연령대의 그녀를, 다양한 의상을 입은 그녀를 보았어요. 평범한 여자들은 절대로 인간의 상상력을 만족시켜 주지 못하지요. 그런 여자들은 자기네들이 살고 있는 시대에 갇혀 있어요. 어떤 치장도 그런 모습을 바꿔 줄 수 없어요. 그들이 쓰고 있는 보닛만큼이나 훤하게 마음이 보입니다. 그런 여자들은 흔해요. 신비스런 구석이 없어요. 그들은 오전에는 공원에서 말을 타고 오후에는 티 파티에서 수다를 떨어요. 한결같은 미소를 짓고 유행을 따르며 살아요.

속이 들여다보이도록 빤한 사람들이에요. 하지만 여배우는! 해리, 여배우는 아주 달라요. 사랑할 가치가 있는 유일한 대상은 바로 여배우라는 사실을 왜 진작 얘기해 주지 않았나요?"

"도리언, 그건 내가 너무 많은 여배우를 사랑해 봤기 때문이야."

"아, 그랬군요. 머리를 염색하고 화장을 덕지덕지 바른 끔찍한 사람들 말이죠."

"염색하고 화장한 사람들을 나쁘게 보진 말게. 그들에게도 나름의 매력이 있는 법이니까."

헨리경이 말했다.

"시빌 베인에 대해 괜히 말했다는 생각이 드는군요."

"도리언, 자네는 나에게 말하지 않을 수 없었을 거야. 당신은 앞으로도 모든 일을 내게 말하게 될 거야."

"맞아요, 해리. 저도 그렇게 생각해요. 당신에게 모든 일을 말하지 않을 수가 없어요. 당신은 나에게 이상하게도 영향을 미치거든요. 만일 제가 죄를 짓는다고 해도 당신을 찾아가서 말할 거예요. 당신은 나를 이해해 줄 테니까요."

"도리언, 자네처럼 고집 세고 인생의 햇살 같은 사람은 범죄를 저지르지 않아. 하지만 당신이 한 칭찬은 고맙게 받아들이겠네. 그럼 이제 말해 보게. 아, 그보다 먼저 착한 소년처럼 성냥 좀 건네주게. 고맙네. 시빌 베인과는 실제로 어떤 사이인가?"

"해리! 시빌 베인은 신성한 여자예요!"

도리언은 뺨까지 붉히며 불타는 듯한 눈빛으로 자리에서 벌떡 일어섰다.

"도리언, 건드릴 가치가 있는 것만이 성스러운 것이라네."

헨리 경이 묘한 비애감이 깃든 목소리로 말했다.

"한데 왜 그렇게 화를 내는 건가? 언젠가 그녀는 자네 것이 될 거야. 인간이란 사랑할 때 처음에는 언제나 자신을 속이는 법이야. 그리고 사랑이 끝날 때는 상대방을 속이고 말이야. 그걸 바로 로맨스라고 부르는 거야. 어쨌든 당신은 그녀와 알고 지내는 거지?"

"물론이죠. 극장에 갔던 첫날밤에 그 괴상한 유대인 노인이 공연이 끝난 뒤 특별석을 돌아다니다가 저에게 오더니 무대 뒤로 가서 그녀를 소개해 주겠다고 했어요. 저는 그에게 굉장히 화를 내고 줄리엣은 죽은 지 200년은 다 됐고, 그녀의 시체는 베로나의 대리석 무덤 속에 있다고 말해 줬어요. 그 노인네가 깜짝 놀라서 멍해진 그의 표정을 보니 내가 술을 너무 많이 마셨다고 생각하는 것 같았어요."

"놀랄 일도 아니지."

"그러더니 그 사람이 내가 혹시 신문기자가 아니냐고 물었어요. 나는 신문을 읽은 적도 없다고 대꾸해 줬지요. 그 말에 실망하는 눈치더니 연극 비평가들이 모두 자기를 골탕 먹이려고 하는데 그자들은 모두 뇌물을 받아먹기 때문에 돈만 주면 자기편으로 만들 수 있다고 털어놓더군요."

"그의 말이 전적으로 옳아. 하지만 비평가들의 차림새를 보건대 그들 대부분을 매수하는 데 그리 많은 돈이 들지는 않을 거야."

"그런데 그는 자기가 가진 돈으로 비평가들을 매수할

수 없을 거라고 생각하는 것 같았어요."

도리언이 웃으며 말했다.

"아무튼 그즈음에 극장 조명들이 꺼졌고 저는 그만 가야 할 상황이 되었지요. 그런데 그가 시가를 피워 보라고 자꾸 권하더군요. 나는 그것을 거절했어요. 물론 난 다음 날 밤에 다시 그곳을 찾아갔어요. 그는 나를 보더니 머리 숙여 인사했는데 제가 마치 관대한 후원자라도 되는 것처럼 대하더군요. 그는 셰익스피어에 대해서는 굉장히 정열적인 사람이었지만 불쾌한 짐승을 보는 느낌을 갖게 하는 사람이었어요. 한번은 다섯 번 파산한 이유가 '그 시인' 때문이라고 자랑스럽게 말했는데, 그는 셰익스피어를 시인이라고 부르기를 고집했어요. 뭔가 특별해 보이기를 바라는 것 같았어요."

"이보게 도리언, 특별하긴 하군. 아주 특별해 보여. 사람들은 대부분 인생이라는 산문(散文)에 너무 많은 투자를 해서 파산을 하는데 그자는 시로 파산했으니 영예로운 일이지. 그건 그렇고, 그래 시빌 베인 양에게 언제 처음으로 말을 걸었나?"

"사흘째 날 밤이었어요. 그녀가 로잘린드를 연기한 날이었지요. 가만히 있을 수가 없어서 꽃을 던졌더니 그녀가 쳐다보더군요. 아니, 그런 것 같았어요. 늙은 유대인도 집요했지요. 무대 뒤로 가서 인사를 시켜 주기로 작정을 한 듯 보였고 저도 그냥 따랐어요. 내가 그녀를 만나지 않으려고 한 게 이상하지 않아요?"

"아니, 그렇게 생각하진 않네."

"해리, 왜 그렇게 생각해요?"

"그건 나중에 말하겠네. 지금은 그 아가씨에 대해 알고 싶군."

"시빌 말씀이죠? 아, 그녀는 아주 상냥하고 부끄러움도 많이 타요. 어떤 때는 아이 같기도 하죠. 그녀의 연기에 대해 생각한 걸 말해 주니까 놀라서 눈을 커다랗게 뜨는 거예요. 자기가 가진 재능을 전혀 몰랐던 것 같아요. 우리두 사람 모두 상당히 긴장을 했나 봐요. 우리가 어린아이들처럼 서로 바라보고 있는 동안 늙은 유대인이 먼지투성이의 배우 휴게실 문 앞에서 이빨을 드러내고 씩 웃으면서 우리 둘에 대해 장황하게 떠들어댔지요. 그 늙은이가 나에게 계속 '나리'라고 부르는 바람에 시빌에게 나는 그런 계급이 아니라고 말해 주었지요. 그랬더니 그녀가 아주 간단하게 '당신은 오히려 왕자님 같아요. 아름다운 왕자님이라고 부르겠어요.'라고 말하더군요."

"도리언, 장담하건대 그녀는 정말 칭찬하는 법을 아는 아가씨로군."

"해리, 당신은 그녀를 잘 몰라서 그래요. 그녀는 나를 그저 연극 속의 한 인물로 여겼던 거예요. 그녀는 인생에 대해서 아무것도 몰라요. 어머니와 함께 살고 있는데 내가 연극을 보러 간 첫날밤에 진한 붉은색 실내복을 걸치고 캐플렛 부인을 연기한 늙고 지친 여자였어요. 그녀도 한창 때가 있었을 것 같다는 인상을 받았어요."

"어떤 외모를 말하는지 알겠군. 그런 사람을 보면 우울해져."

헨리 경이 자신의 반지들을 살펴보면서 낮은 소리로 말했다.

"유대인은 그녀가 어떻게 살아왔는지 말해 주려고 했지만 제가 관심이 없다고 말했어요."

"잘했군. 사실 다른 사람의 비극이란 게 알고 보면 언제나 아주 비천한 것이거든."

"제 관심은 오직 시빌뿐이에요. 그녀의 출신이 어떤지 무슨 상관이에요? 조그만 머리끝에서 앙증맞은 발끝까지, 완벽하게 성스러운 걸요. 저는 매일 밤마다 그녀가 연기하는 모습을 보러 갈 것이고, 그녀는 매일 밤 더욱 신비로워지겠죠."

"나와 저녁을 함께 먹지 않은 이유가 바로 그거였군 그래. 자네가 요즘 사랑에 빠져 있을 거라고 생각은 했지만 내가 예상한 것과는 조금 다르군."

"해리, 우리는 매일 점심이나 저녁을 함께 하잖아요. 오페라 구경도 여러 번 갔고요."

도리언이 놀라서 푸른 두 눈을 크게 뜨며 말했다.

"자네는 늘 늦게 오잖아!"

"그거야 시빌이 하는 연극을 안 볼 수가 없거든요."

그가 큰 소리로 말했다.

"설사 그녀가 출연하는 부분이 단 1막이라도 봐야 해요. 그녀를 보고 싶어서 미칠 것 같거든요. 그 조그만 상앗빛 몸에 감춰진 신비스러운 영혼을 생각하면 내 마음속은 경외감에 사로잡히고 말아요."

"도리언, 오늘 밤에는 나와 함께 저녁을 먹을 수 있겠지, 그렇지?"

도리언이 고개를 저었다.

"오늘 밤엔 그녀가 이모젠을 연기할 거예요. 그리고 내일 밤엔 줄리엣이 되고요."

"그럼 그녀는 언제 시빌 베인이 되지?"

"시빌 베인이 될 때는 없을 거예요."

"이거 축하하네."

"정말 너무하는군요! 그녀는 세상 모든 위대한 여주인공들을 자기 한 몸에 담고 있단 말입니다. 개인 이상의 존재라고요. 당신은 비웃을지 몰라도 그녀는 정말 천부적인 재능을 가지고 있어요. 나는 그녀를 사랑합니다. 이제는 그녀도 나를 사랑하게 만들어야 해요. 당신은 인생의 모든 비밀을 알고 있으니까 그녀가 나를 사랑하게 만드는 방법을 알려 주세요. 로미오가 나를 질투하도록 만들고 싶어요. 난 세상의 죽은 연인들이 모두 우리의 웃음소리를 듣고 슬픔에 빠지기를 원해요. 그들의 시체에 열정적인 숨을 불어넣어 의식을 되살린 다음, 유해를 깨워 고통을 안겨주고 싶어요. 오, 해리! 제가 그녀를 얼마나 숭배하는지 아시나요?"

그는 방 안을 이리저리 서성대면서 말을 했는데 얼마나 흥분했던지 두 뺨에 붉은 반점까지 생겨났다.

헨리 경은 묘한 쾌감을 느끼며 그를 지켜보았다. 바질 홀워드의 화실에서 본 부끄러움 많고 겁도 많았던 소년의 모습을 생각하면 얼마나 달라졌는가! 그의 본성이 꽃처럼 성장해 진홍의 불꽃 같은 꽃잎을 내보인 것이다. 비밀스러운 은신처에 숨어 있던 그의 영혼이 슬그머니 기어 나오면서 욕망과 마주친 것이다.

"그럼 어찌할 생각인가?"

헨리 경이 마침내 입을 열었다.

"당신과 바질이 언제 밤에 저와 함께 극장에 가서 시빌이 연기하는 모습을 봐 주시면 좋겠어요. 저는 두렵지 않아요. 아마도 당신은 시빌의 천부적인 재능을 인정하실 거예요. 그런 다음에 우리는 유대인 손아귀에서 그녀를 빼내야 해요. 그녀는 앞으로 3년, 적어도 2년 8개월은 그 자에게 묶여 있어야 하거든요. 물론 난 그 자에게 대가를 지불해야 할 거예요. 모든 일이 잘 해결된다면 웨스트엔드에 있는 극장을 하나를 인수해서 그녀가 재능을 발휘할 수 있게 도와줄 겁니다. 내가 그렇듯 세계도 그녀의 재능에 열광하도록 만들 거예요."

"도리언, 그건 불가능한 일이야."

"아뇨. 그녀는 해낼 겁니다. 그녀에게는 예술성, 천부적인 재능만 있는 게 아니라 매력적인 개성이 있어요. 당신이 늘 내게 말했던 것처럼 시대를 움직이는 건 원칙이 아니라 매력적인 개성이잖아요."

"음, 그럼, 언제 보러 갈까?"

"글쎄요, 오늘이 화요일이니 내일 가는 것으로 하죠. 그녀가 내일 줄리엣을 연기 하니까요."

"좋아요, 그럼 8시에 브리스톨 클럽에서 보자고. 내가 바질을 데리고 가지."

"해리, 8시는 안 돼요. 6시 반으로 해요. 우린 막이 오르기 전에 가야 하니까요. 당신은 그녀가 로미오를 만나는 1

막부터 봐야만 해요."

"6시 반? 거참, 어정쩡한 시간이군. 그 시간은 차를 마
신다거나 영국 소설을 읽기 좋은 시간인데 말이야. 7시로
하지. 7시에 저녁을 먹는 신사는 없으니 말이야. 그럼 6시
반에서 7시 사이에 자네가 바질을 찾아갈 텐가? 아니면
내가 그에게 연락을 할까?"

"아, 바질! 지난 일주일 동안 그를 한 번도 못 봤어요.
특별히 디자인한 멋진 액자에 초상화를 넣어서 보내 주셨
는데 내가 너무 무심했어요. 초상화가 나보다 딱 한 달이
어려 보여서 질투가 나긴 하지만 그 그림은 정말 마음에
들거든요. 당신이 전갈을 보내시는 게 나을 것 같아요. 혼
자서는 도저히 볼 용기가 안 나네요. 그분은 저에게 곤혹
스러운 말을 자주 하거든요. 물론 좋은 충고도 하시지만
요."

"사람들은 늘 자신에게 가장 필요한 것을 다른 사람에
게 주고 싶어 하지. 나는 그런 걸 지나친 관용이라고 이름
붙였다네."

헨리 경이 미소 지었다.

"아, 바질은 정말 좋은 친구예요. 하지만 약간 속물적이기도 해요. 해리, 당신을 만난 이후에야 그 사실을 깨달았어요."

"이봐, 바질은 자기 안에 있는 모든 아름다움을 작품 속에 쏟아부었어. 그러니 그의 인생에서 남은 거라곤 편견과 자신의 원칙, 상식뿐이지. 내가 알고 있는 예술가 중에서 쾌활한 인간은 모두 형편없는 예술가들이야. 훌륭한 예술가들은 자신이 만든 작품 안에서 존재하는 법이거든. 그러니까 결과적으로 볼 때 매력 없는 인간이 되는 거야. 위대한 시인은, 진정 위대한 시인이란 모든 피조물 중에서 가장 시적으로 볼 수 없는 존재들이지. 반대로 이류 시인들은 매력이 넘치지. 시의 압운이 별 볼일 없을수록 그들의 외모는 점점 더 아름다워지지. 겨우 이류 소네트 시집 한 권 출간한 사실만으로도 사람들을 매혹시키지. 그들은 자신이 쓰지 못한 시처럼 살지만 훌륭한 시인들은 감히 삶 속에 실현시킬 수 없는 것을 시로 쓰는 거야."

"해리, 정말 그럴까요? 당신이 그렇게 말하면 그런 거겠죠. 전 지금 가 봐야겠어요. 이모겐이 기다리거든요. 내일 약속 잊으시면 안 돼요. 그럼, 잘 있어요."

도리언은 탁자에 놓인 커다란 병의 금색 뚜껑을 열어
손수건에 향수를 묻히며 말했다.

도리언이 방에서 나가자 헨리 경은 무거운 눈꺼풀을
감고 생각에 잠겼다. 지금까지 도리언 그레이만큼 관심을
끈 사람이 없었는데 그런 그가 누군가를 열정적으로 사랑
하는데도 불쾌한 마음이라든가 질투가 일어나지 않으니
흥미롭다는 생각이 들었다. 오히려 그런 도리언의 모습이
기쁘기까지 했다. 이것이야말로 흥미로운 연구 거리라는
생각이 들었다. 그는 항상 자연과학적인 방법에 마음이
사로잡혀 있었지만, 평범한 과학 연구 주제는 그가 보기
에 별것 아니었고, 별 의미도 없는 것 같았다. 그래서 그
는 자신을 해부하고 다른 사람을 해부하는 것으로 나아갔
던 것이다. 인간의 삶은 탐구 가치가 있는 유일한 것으로
그것과 비교해서 조금이라도 더 가치가 있는 것은 아무것
도 없었다.

사실 누구든 고통과 쾌락의 미묘한 도가니 속에 뒤섞
인 인생을 들여다 볼 경우 얼굴에 유리로 만든 마스크를

쓸 수도 없고, 유황가스가 뇌를 괴롭히거나 괴상망측한 환상과 끔찍스런 꿈으로 상상력이 뒤흔들리는 것을 막을 수도 없다. 어떤 독극물은 그 성분을 알아내기가 힘이 들기 때문에 특성을 파악하기 위해서는 어쩔 수 없이 직접 마시고 중독돼 봐야만 하는 것이다. 그리고 생소한 병도 직접 걸려 봐야 특성을 이해하는 것이다. 하지만 그렇게 해서 결과를 얻었을 때 보상은 얼마나 클 것이며, 세상은 얼마나 경이롭게 변할 것인가!

열정이 만들어 내는 기묘하고 어려운 논리와 지성 속에 담겨 있는 정서적인 삶을 알아내는 것, 이 두 가지가 어디서 만나고 어디서 갈라지는지, 그 두 가지가 어느 지점에서 조화를 이루고 어디서 부조화를 이루는지 관찰하는 거기에 기쁨이 있는 것이다. 바로 그것을 위해서라면 어떤 대가라도 치를 수 있는 것이다. 지불하는 값이 아무리 비싸다고 해도 그것으로 인해 감동을 받을 수 있다면 상관없으리라.

그는 도리언 그레이의 영혼이 한 소녀에게 쏠려 그녀 앞에 머리를 숙여 경배를 바친 것은 바로 자신이 했던 몇 마디 말, 음악처럼 흘러나온 몇 마디 말로 비롯되었다는 사실을 깨달았다. 그런 생각을 하는 순간 마노 광물 같은 갈색 눈동자가 기쁨으로 반짝였다. 넓은 의미에서 볼 때 이 젊은이는 자신이 만든 피조물인 셈이었다. 헨리 경이 그를 조숙하게 만든 것이다. 그게 중요한 점이었다. 평범한 사람들은 인생의 수수께끼가 자신들 앞에 드러낼 때까지 기다렸지만, 선택받은 소수의 사람들은 베일이 걷히기도 전에 수수께끼의 비밀을 알아채는 것이다. 때로는 이것이 예술이 주는 효과, 열정과 지성을 복합적으로 다루는 문학예술의 효과였다. 그러나 가끔은 복합적인 개성이 그 역할을 맡아 나름의 방식으로 실제 예술 작품인 시, 건축, 회화처럼 정교한 걸작을 품은 인생이 되기도 했다.

그렇다. 그 젊은이는 조숙했다. 아직 봄인데 벌써부터 곡식을 거둬들이고 있었다. 그는 젊음으로 심장이 뛰고 열정이 가득했지만 차츰 자의식을 찾고 있었다. 이러한 그를 지켜보는 것은 즐거운 일이었다. 아름다운 얼굴과 영혼을 가진 그는 경이로운 대상이었다. 그 모든 것이 어떤 결말을 갖게 되는지, 어떻게 끝날 운명이든지 상관없었다. 그는 야외극이나 연극에 등장하는 우아한 인물과 같았다. 그의 기쁨은 보통 사람과 거리가 멀어 보이지만, 그의 슬픔은 보통 사람의 미적 감각을 뒤흔들어 놓았고, 그의 상처는 붉은 장미와도 같았다.

영혼과 육체, 육체와 영혼. 이 둘은 얼마나 신비로운가! 영혼에도 동물적인 속성이 있고, 육체에도 나름대로 영적인 순간이 있다. 감각이 순화될 수도, 지성이 타락할 수도 있다. 육체적인 충동이 어디서 끝나는지, 혹은 영혼의 충동이 어디에서 시작되는지 누가 말할 수 있을까? 일반 심리학자들이 내놓은, 정의는 얼마나 피상적인지! 하지만 다양한 학파가 주장하는 가운데 어떤 결정을 내린다는 것은 또 얼마나 어려운가! 영혼은 죄악의 집에 자리 잡은 그림자일까? 혹은 조르다노 브루노가 생각한 것처럼 육체는 정말로 영혼 안에 깃들어 있는 걸까? 정신과 물질을 구분하는 것은 하나의 신비다. 또한 정신과 물질이 조화를 이루는 것도 미스터리다.

그는 인간이 심리학을 사소한 원천을 드러낼, 절대적인 하나의 학문으로 만들 수 있을지 궁금해졌다. 사실 우리는 늘 우리 자신을 잘못 이해하고, 다른 사람을 이해하는 일은 더욱 어렵다. 경험은 윤리적인 가치가 없다. 그저 인간이 자신의 실수에 붙인 이름일 뿐이다. 일반적으로 도덕주의자들은 경험을 경고의 방법으로 치부했으며 경험의 윤리적 효과가 성격을 이룬다고 주장했다. 그러나 경험에는 어떤 원동력 같은 것이 없었다. 양심과 마찬가지로 적극적인 힘 같은 것이 거의 없었다. 실제로 경험은 우리의 미래와 과거가 같다는 것, 우리가 한때 저지른 죄악을 몹시 혐오하면서도 결국엔 죄악을 수없이 되풀이하리라는 것을 증명할 뿐이다.

그는 실험적인 방법만이 열정에 대한 과학적인 분석에 도달할 수 있는 유일한 방법이라고 믿었다. 그리고 도리언 그레이는 자기 손 안에 있는 연구 주제이며, 풍부하고도 많은 결과를 약속해 줄 존재임이 분명했다. 시빌 베인을 향한 도리언의 갑작스럽고도 열렬한 사랑은 상당히 흥미를 끄는 심리적인 현상이었다. 그의 그런 갑작스런 사랑은 호기심과 밀접한 관계가 있음에 틀림없었다. 하지만 새로운 경험에 대한 호기심과 욕망은 매우 복잡한 열정에 가까웠다. 그런 열정 안에는 소년 시절 순수한 감각적 본능이 상상력의 작용에 의해 변화되어 그 젊은이 자신에게는 감각적인 것과는 거리가 먼 어떤 것으로 바뀌고 말았다. 그리고 바로 그러한 이유 때문에 더욱 위험해졌다. 우리에게 아주 강력하게 폭력을 휘두르는 것은 우리 스스로가 그 근원을 기만했던 열정이었다. 우리에게 자리한 가장 약한 동기는 우리가 그 본바탕을 알고 있는 동기들이었다. 그렇기 때문에 우리가 다른 사람들을 실험한다고 생각하지만 실제로는 우리 자신을 실험하는 일이 자주 일어나는 것이다.

헨리 경이 이런 생각에 잠겨 있을 때 문을 두드리는 소리가 들렸다. 하인이 들어와 만찬을 위해 옷을 갈아입어야 한다고 알려 주었다. 그는 자리에서 일어나 거리를 내다보았다. 맞은편 집 위층 창문이 저녁노을을 받아 붉은 황금빛으로 빛났다. 창틀은 빨갛게 달궈진 금속판처럼 금방이라도 불꽃이 튈 것 같았다. 머리 위 하늘은 시든 장미처럼 보였다. 그는 불꽃처럼 활활 타오르는 젊은 친구의 삶을 생각했다. 과연 그의 인생이 어떻게 끝날 것인지 의

구심이 들었다.

밤 12시 반경 그가 집에 도착했을 때 현관 탁자 위에 전보 한 통이 놓여 있었다. 도리언 그레이가 보낸 것이었다. 그가 시빌 베인과 결혼하기로 약속했다는 것을 알리는 소식이었다.

제5장

왕자와 가난한 젊은이

"엄마, 엄마, 나는 정말 행복해요!"

소녀는 늙고 지쳐 보이는 여인의 무릎에 얼굴을 파묻으며 나지막하게 말했다. 여인은 안으로 들어오는 강렬한 햇살을 피해서 등을 돌리고 누추한 거실에 달랑 하나 놓인 안락의자에 앉아 있었다.

"정말 행복해요, 엄마도 행복하셔야 해요."

소녀는 또다시 같은 말을 반복했다. 베인 부인은 잠시 머뭇거리다가 비스무트를 발라 하얗게 된 앙상한 두 손으로 딸의 머리를 쓰다듬어 주었다.

"행복해……."

그녀는 딸의 말을 반복했다.

"시빌, 나는 네가 연기하는 걸 볼 때면 그저 행복하다. 그러니까 너는 연기 말고 다른 어떤 것도 생각하면 안 된단다. 아이작스 씨가 우리에게 얼마나 잘해 주셨니? 게다가 우리는 그분에게 돈도 빌렸잖아."

소녀는 고개를 들고 샐쭉한 표정으로 입을 내밀었다.

"엄마, 돈 얘기예요? 돈이 뭐가 중요한가요? 사랑이 돈보다 더 중요하잖아요."

그녀가 큰 소리로 말했다.

"아이작스 씨가 우리에게 50파운드를 선불로 주셨기 때문에 우리가 빚도 갚고 제임스도 옷을 사 입을 수 있었다는 것을 잊으면 안 된다. 시빌, 50파운드는 큰돈이야. 아이작스 씨만큼 인정이 많은 사람은 또 없어."

"엄마, 그 사람은 신사가 아니잖아요. 그 사람이 나에게 하는 말투를 보세요. 나는 정말 싫어요."

소녀는 벌떡 일어나 창가로 갔다.

"그분의 도움이 없으면 우리가 어떻게 하루하루를 살 수 있겠니."

나이 든 여인이 짜증 섞인 목소리로 말했다.

시빌 베인이 갑자기 고개를 쳐들고 웃음을 터뜨렸다.

"엄마, 우리는 더 이상 그런 사람이 필요 없다니까요. 이제 백마 탄 제 왕자님이 제 생활을 책임져 줄 거예요."

그러곤 잠시 말을 멈췄다. 그녀의 핏속에서 장미 한 송이가 피어나는 듯 양 볼이 붉어졌다. 숨결마저 가빠지는지 꽃잎 같은 입술이 벌어지고 가느다랗게 떨렸다. 열정적인 남풍이 불어 그녀의 온몸을 휘감더니 단정한 그녀의 치마를 흔들었다.

"나는 그 사람을 사랑해요."

그녀가 간단히 말했다.

"이런 어리석은 아이 같으니라고! 어리석은 아이 같으니라고!"

시빌 베인의 어머니가 앵무새가 지저귀듯 같은 말을 토해냈다. 가짜 보석을 낀 앙상한 손가락이 함께 흔들리는 바람에 그 말이 훨씬 더 기괴하게 느껴졌다.

소녀가 다시 웃었다. 그녀는 새장에 갇힌 새가 기쁨에 겨워 신나게 웃어 대는 것처럼 다시 웃음을 터뜨렸다. 그녀의 눈이 웃음소리를 따라 흔들리듯 반짝거렸다. 그다음 자신의 비밀을 감추려는 것처럼 스르르 감았다가 다시 떴는데 두 눈 사이로 꿈같은 안개가 눈앞을 이미 스쳐 지나가버렸다.

낡은 의자에서 지혜의 얇은 입술이 그녀에게 말을 건넸다. 신중하라는 말 따위는 저자가 상식이라는 이름을 흉내 내어 지은 겁쟁이의 책에서 인용한 것이라는 경고를 조심스럽게 꺼냈다. 하지만 그녀는 듣지 않았다. 그녀는 열정의 감옥에 갇혔고 그 안에서 자유로웠다. 그녀의 아름다운 왕자님과 함께 있었기 때문이다. 그 왕자를 다시 만나려고 기억의 땅을 방문했고 자신의 영혼을 보내 왕자를 찾아내게 하고 영혼이 왕자를 데려왔을 때 입맞춤으로 불타올랐다. 그녀의 눈꺼풀은 왕자의 숨결로 따뜻했다.

그러자 지혜가 방법을 바꿔 탐색하고 잘 알아보라고 했다. 이 젊은이는 부자일지도 모른다. 그렇다면 결혼을 생각할 수도 있다. 조개껍질처럼 단단한 그녀의 귀에 세속적인 교활함의 파도가 밀려와 부딪혔다. 술책의 화살들이 그녀 곁을 스쳐 지나갔다. 그녀는 얇은 입술이 또다시 움직이는 모습을 보고는 미소를 지었다.

갑자기 그녀는 말이 하고 싶어졌다. 무언의 말이 오가는 침묵이 견디기 힘들었다.

"엄마, 엄마."

그녀가 외쳤다.

"왜 그 사람은 저를 그렇게 사랑하는 걸까요? 나는 그 사람이 사랑 그 자체라서, 사랑이라는 게 원래 딱 그런 모습이라는 걸 보여 주기 때문에 사랑하거든요. 그런데 그 사람은 저에게서 뭘 보는 걸까요? 내가 그 사람에게는 어울리는 여자도 아닐 것 같은데 말이에요. 그렇지만, 이유를 알 수는 없지만 뭐라고 해야 하지? 아무튼 내가 그 사람보다 낮은 신분이긴 하지만 내가 천하다는 느낌은 없어요. 전 자랑스러워요. 엄마, 제가 백마 탄 왕자님을 사랑하는 것처럼 엄마도 아빠를 그렇게 사랑하신 거예요?"

싸구려 분을 덕지덕지 바른 나이 든 여인의 양 볼은 차츰 창백해졌고, 그녀의 갈라진 입술은 고통스러운 듯 경련을 일으켰다. 시빌은 얼른 엄마에게 달려가 그녀의 목을 두 팔로 껴안고 키스를 했다.

"엄마, 미안해요. 아빠 얘기만 나오면 얼마나 슬퍼하시는지 하지만 엄마가 아빠를 너무 사랑했기 때문에 그렇게 고통스러워하시는 거잖아요. 슬퍼하지 마세요. 20년 전에 엄마가 그랬던 것처럼 오늘 전 무척 행복해요. 아! 전 영원히 이렇게 행복할 거예요!"

"애야, 너는 너무 어려서 사랑에 빠지는 게 뭔지도 몰라. 그리고 네가 그 젊은이에 대해 아는 게 뭐가 있니? 그 사람의 이름도 모르고 말이야. 아직은 모든 사정이 좋지 않단다. 이제 제임스도 오스트레일리아로 떠날 테고 엄마는 생각할 게 너무 많구나. 그러니 넌 좀 더 사려 깊은 모습을 보여 주었으면 좋겠다. 네가 좀 더 신중하게 행동하고 생각도 더 많이 했으면 좋겠다. 하지만 아까 말한 것처럼 그 청년이 부자라면……."

"아! 참, 엄마, 엄마! 내가 행복하게 살게 해주세요."

베인 부인은 자기 딸을 흘깃 쳐다보더니 흔히 연극배우들에게 제2의 천성이 되곤 하는 연극적인 몸짓으로 딸아이의 팔을 붙잡았다. 바로 그 순간에 문이 열리면서 억센 갈색 머리의 소년이 방 안에 들어왔다. 그는 땅딸막한 체구에 손과 발이 크고 행동은 서툴고 굼떠 보였다. 자기 누나의 고운 모습은 하나도 닮지 않았다. 아마 누가 봐도 오누이라는 사실을 짐작하기 어려울 것 같았다. 베인 부인은 아들을 빤히 바라보면서 더 활짝 웃었다. 마치 마음속으로 자기 아들을 관객이라고 생각하고 이 장면을 아주 인상적이고 흥미 있는 장면이라고 여기고 있는 것 같았다.

"시빌 누나, 나를 위한 키스는 남겨 둬야지."

소년은 악의 없는 선한 목소리로 투덜대듯 말했다.

"오, 그렇지만 짐! 너는 키스를 좋아하지 않잖니. 너는 무서운 늙은 곰이야."

그리고 그녀는 방을 가로질러 달려가 동생을 안아 주었다.

"시빌 누나, 나랑 산책하자. 이 끔찍한 런던을 다시 볼 것 같지 않거든. 정말 그러고 싶지 않아."

제임스 베인은 누나의 얼굴을 다정한 눈길로 바라보았다.

"얘, 그런 끔찍한 말은 하지 마라."

베인 부인은 나지막하게 말하고 한숨을 내쉬면서 번쩍거리는 무대 의상을 집어 들면서 중얼거렸다. 그녀는 어느새 무대 의상에 헝겊을 대고 바느질을 시작했다. 그녀는 조금 전에 딸과 함께 만든 연극 무대에 아들과 함께 서지 않는 게 꽤 실망스러웠다. 아들도 함께였다면 그 상황은 훨씬 더 생생하고 멋지게 만들 수 있었을 텐데.

"왜요, 엄마? 전 진심으로 한 말이에요."

"얘야, 네가 그런 말을 하니 이 어미 마음이 몹시 아프구나. 나는 네가 오스트레일리아에서 부자가 되어서 돌아올 거라고 믿는다. 식민지에는 사교계라고 부를 만한 것도 없겠지. 그러니 꼭 돌아와 여기 런던에서 자리를 잡아야지."

"사교계라고요?"

젊은이가 투덜댔다.

"저는 그런 건 알고 싶지도 않아요. 어머니와 시빌 누나를 연극 무대에서 벗어나게 할 수 있을 만큼의 돈을 벌고 싶을 뿐이에요. 그따위 무대, 지긋지긋해요."

"오, 짐!"

시빌이 웃으며 말했다.

"어쩌면 그리 냉정하게 말하니! 아무튼 나랑 산책 갈 거지? 정말 좋을 거야! 난 네가 친구들에게 작별인사를 하러 가지 않을까 걱정했어. 너에게 흉측하게 생긴 파이프를 줬던 톰 하디나 그 파이프로 담배를 피운다고 놀려댄 네드 랭턴에게 말이야. 여기서 보내는 마지막 남은 오후 시간을 내게 내주겠다니 넌 정말 다정한 내 동생이야. 자, 그럼 우리 어디로 갈까? 하이드파크로 가자."

"하지만 내 꼴이 너무 초라해. 거기는 멋쟁이들만 가는 데잖아."

그가 인상을 찡그리며 말했다.

"짐, 말도 안 되는 소리 하지 마."

그녀가 짐의 외투 소매를 만지며 작은 소리로 말했다.

"그래, 좋아."

잠시 머뭇거리던 짐이 말했다.

"하지만 옷을 차려입느라 너무 시간을 끌지는 마."

그녀는 기뻐서 어쩔 줄 모르는 것처럼 춤을 추면서 문밖으로 나갔다. 그러곤 남들이 들을 수 있도록 큰 소리로 노래를 부르며 2층으로 뛰어 올라갔다. 위층에서 그녀의 작은 발이 종종거리며 돌아다니는 소리가 들렸다.

"어머니, 제 짐은 모두 준비됐나요?"

제임스는 방 안을 두세 차례 서성이다가 의자에 앉아 있는 여인에게 고개를 돌렸다.

"그럼, 다 준비해 놓았단다. 제임스."

그의 어머니가 하던 일을 계속하면서 대답했다. 지난 몇 달간 그녀는 거칠고 고집 센 아들과 단둘이 있을 때면 몹시 거북해했다. 아들과 시선이 마주칠 때면 천성적으로 얄팍하고 음흉한 구석이 있던 그녀는 몹시 당혹스러웠다. 그녀는 혹시 아들이 뭔가 눈치 챈 것은 아닐까 하는 의문이 들곤 했다. 그녀는 아들이 뭔가 의심을 하고 있다는 생각이 자꾸만 들었다. 아무런 말을 하지 않고 침묵이 길어지면 더욱 참기 어려웠다. 그러면 그녀는 불평을 터뜨리곤 했다. 여자란 복종하고 굴복하는 자세를 취하면서 상대를 공격을 하는 것처럼 스스로를 방어하기도 한다.

"제임스, 나는 네가 선원 생활에 만족했으면 좋겠다. 그 일을 너 스스로 선택했다는 사실을 잊지 말도록 해라. 너는 사무 변호사 사무실에 취직할 수도 있었잖니? 사무 변호사는 굉장히 존중받는 직업이야. 시골에서는 명문가 사람들과 자주 어울리기도 하는데 말이다."

"나는 사무실에서 일하는 것도, 서기가 되는 것도 싫어요. 엄마 말씀이 옳아요. 내가 선택한 일이에요. 다만 어머니는 시빌 누나를 잘 살펴보셨으면 해요. 누나에게 나쁜 일이 생기지 않도록 꼭 좀 지켜 주세요."

"제임스, 이상한 말도 다 한다. 당연히 네 누나를 보살펴야지."

"저도 들은 얘기가 있어서 그래요. 어떤 신사가 매일 밤 극장으로 와서 누나랑 얘기한다는 게 사실이에요? 어떻게 된 일이에요?"

"제임스, 알지도 못하면서 함부로 얘기하는 거 아니다. 우린 직업상 사람들의 관심을 많이 받는단다. 아주 기분 좋은 일이지. 나도 한 번에 몇 개씩 꽃다발을 받기도 했어. 관객들이 연기에 감동받으면 흔히 그렇게 한단다. 시빌은 현재로는 나도 잘 모르겠다. 그 젊은이가 제대로 된 신사인 건 분명하지만 진실한지는 아직 모르겠구나. 항상 예의 바르고 용모도 단정하니 부자인 것 같더라. 보내 주는 꽃도 무척 아름답고 말이야."

"그렇지만 그자의 이름도 모른다면서요?"

아들이 거칠게 따졌다.

"그래, 모르긴 해."

어머니는 차분한 표정으로 말했다.

"그 젊은이가 아직 자기의 진짜 이름을 밝히지 않았거든. 그런데 그게 낭만적이지 않니? 아마도 귀족일 거야."

제임스 베인은 입술을 깨물었다.

"아무튼 누나를 잘 지켜 주세요. 잘 돌봐 주시라고요."

그가 큰 소리로 말했다.

"어련히 알아서 잘할까, 너는 나를 아프게 하는구나. 시빌은 내가 보살핀다. 물론 그 젊은 신사가 돈이 많다면 누이랑 결혼을 못 할 것도 없지. 내 생각에 그 젊은이는 귀족일 것 같구나. 아무리 뜯어봐도 틀림없다니까. 시빌은 아주 근사한 결혼을 할 거야. 둘은 또 아름다운 부부가 될 테고 말이야. 그 사람 아주 잘생겼단다. 지나가면 모든 사람들이 다 쳐다보거든."

어린 아들은 거친 손가락으로 창틀을 톡톡 치면서 혼자 중얼거렸다. 무슨 말을 하려는 듯 고개를 돌렸는데 바로 그때 시빌이 뛰어 들어왔다.

"둘이서 뭐가 그리 심각해요? 무슨 문제 있어요?"

"문제는 뭐. 사람이 가끔은 심각할 수도 있지. 엄마, 다녀올게요. 5시에 저녁을 먹기로 하죠. 셔츠 빼고는 짐도 다 싸 놨으니까 걱정하지 마시고요."

"그래, 잘 다녀오렴."

어머니는 부자연스럽게 위엄 있는 자세로 고개를 끄덕였다. 그녀는 아들이 자기와 이야기를 나눌 때의 말투가 마음에 들지 않았다. 그리고 아들 표정에도 그녀를 두렵게 만드는 무엇인가가 있었다.

"엄마, 키스해 주세요."

시빌이 꽃잎 같은 입술을 시들시들한 엄마 뺨에 대었다. 차가운 서리 같던 살이 따뜻해졌다.

"오, 내 자식, 내 자식!"

베인 부인은 상상 속의 맨 위층 관람석을 찾는 배우처럼 천장을 올려다보며 외쳤다.

"빨리 와, 누나!"

제임스가 안달하며 말했다. 그는 엄마가 마치 연극을 하듯 과장된 행동을 하는 것이 마음에 들지 않았다.

두 사람은 바람이 부는 햇살 속으로 나와 음산한 유스 턴 거리를 천천히 걸었다. 지나가는 사람들은 침울한 표정에 누추한 옷차림, 단단한 체격을 한 그가 우아하고 세련된 여자와 걷는 모습을 보며 이상하다는 듯 힐끗거렸다. 그는 마치 장미꽃을 든 초라한 정원사 꼴이었다.

짐은 이따금 호기심 어린 시선으로 바라보는 낯선 행인들과 눈이 마주치면 인상을 썼다. 그는 마치 인생의 말년에 천재성이 나타났지만 예전의 진부함을 버리지 못한 사람을 신기하게 바라보듯 하는 시선들이 너무나 싫었다. 하지만 시빌은 자신이 어떻게 보이는지 의식하지 않았다. 미소가 머물고 있는 그녀의 입술은 사랑에 떨고 있었다. 그녀는 백마를 탄 왕자님을 생각하고 있었다. 다른 무엇보다 그를 더 많이 생각하고 있었을 테지만, 그에 대해선 전혀 입 밖에 내지 않았다. 대신에 짐이 타고 곧 항해에 나설 배와 그가 찾아낼 금, 붉은 셔츠를 입은 잔인한 산적에게서 구해 줄 어느 예쁜 상속녀에 대해서만 이야기를 재잘거렸다. 짐은 선원이든 화물 관리인이든, 그 어떤 직업도 계속할 생각이 없었다. 배 안에 계속 갇혀 있는 것은 안 된다. 오, 안 돼! 선원 생활은 정말 끔찍하다. 곱사등 같은 사나운 파도가 집어 삼킬 듯 덮쳐 오고, 검은 바람이 돛대를 부러뜨리며 돛을 갈기갈기 찢어 마치 긴 비명을 지르는 것처럼 너풀거리게 만드는 바다에서는 아름다운 상상이 날개를 펼 수 없을 테니!

  그는 멜버른에 도착하는 대로 배를 떠나 선장에게 정중히 작별을 고하고 금광 지대로 갈 것이다. 일주일이 지나기도 전에 커다란 순금 덩어리를, 땅속에 박혀 세상에서 발견된 것 가운데 가장 큰 금덩어리를 발견해야 한다. 그리고 그 금덩어리를 기마경찰 여섯 명이 호위하는 마차에 실어 해안으로 가져와야 했다. 그사이 세 차례나 산적들의 공격을 받겠지만, 놈들을 잔인하게 해치우고 말 것이다. 아니, 이게 아니지. 짐은 금광 지대로 절대 가면 안된다. 금광 지대는 사람들이 항상 술에 취해 있고, 술집에서는 서로 총질을 하고 욕설이 난무하는 무서운 곳이다.

대신에 그는 양치기가 되어야 한다. 그래서 어느 날 저녁 집으로 돌아오는 길에 아름다운 어느 상속녀가 검은 말을 탄 강도에게 끌려가는 모습을 목격하고 추적하여 결국 그녀를 구한다. 물론 상속녀는 목숨을 구해 준 그를 사랑하고 그 역시 사랑하게 되어 둘은 결혼한다. 고국으로 돌아와 런던의 커다란 저택에서 행복하게 살아갈 것이다.

그래, 이렇게 되는 거야. 짐 앞에는 이런 일들이 많이 기다리고 있어야 한다. 하지만 그는 아주 선량하게 살아야 하고, 화를 내지도 않고 사람들에게 화를 내서도 안 되고, 어리석게 돈을 낭비해도 안 될 것이다. 시빌은 동생보다 겨우 한 살 많을 뿐이지만 그래도 인생에 대해서는 훨씬 더 많은 것을 알고 있었다. 그는 매일 밤마다 누나에게 편지를 써야 하고, 잠자기 전에 기도를 해야 할 것이다. 하느님은 선한 분이라 동생을 지켜 줄 것이다. 그녀도 동생을 위해 기도를 할 것이고 동생은 부자가 되어 몇 년 후에 행복한 모습으로 돌아와야 한다.

짐은 누나가 하는 말을 듣기는 했지만 시큰둥한 표정으로 아무 대답도 하지 않았다. 집을 떠난다는 생각에 마음이 아팠던 것이다.

하지만 그가 우울하고 시무룩한 것은 그것 때문만은 아니었다. 그가 비록 경험은 많지 않지만 시빌에게 시련이 찾아올 것 같은 강한 예감을 느끼고 있었다. 누나가 사랑에 빠진 그 젊은이가 나쁜 뜻으로 접근한 것은 아닌지, 그가 신사라고 하는데 그 때문에 짐은 그가 더 싫었다. 설명하기 힘들지만 마음속 깊이 자리한 계급적인 본능 탓이었다. 또 그는 자신의 어머니가 천박하고 허영심 많은 사람이라는 것을 잘 알고 있었다. 바로 그런 어머니 때문에 시빌과 시빌의 행복이 위협을 받으리라는 예감이 강하게 다가왔다. 어린아이들은 자신의 부모를 사랑하는 것으로 삶을 시작하고 점점 자라면 부모를 판단하고 때로는 용서하는 일도 생기게 마련이다.

그의 어머니! 그의 마음속에는 어머니에게 뭔가 묻고 싶은 게 있었다. 서로 말을 하지 않고 지낸 몇 개월 동안 마음속에 간직하고 있던 생각이었다. 극장에서 우연히 들었던 한마디 말, 어느 날 밤에 무대 출입구에서 기다리던 그의 귀에 들려왔던 조롱 어린 속삭임이 머릿속에 무서운 생각으로 자라났다. 그 기억이 너무도 생생해서 마치 사냥용 채찍으로 얼굴을 맞은 것처럼 도무지 지워지지 않았다. 그는 깊은 주름이 팰 정도로 미간을 찡그리고 가슴을 찌르는 듯한 통증에 아랫입술을 깨물었다.

"짐, 내가 하는 말을 하나도 안 듣고 있구나."

시빌이 소리쳤다.

"네 미래를 위해 아주 근사한 계획을 세우고 있잖아. 무슨 말이든 좀 해봐."

"무슨 말을 하라는 거야?"

"오, 그런 거 있잖아. 착하게 지내겠다든가, 우리를 잊지 않겠다든가 하는 말."

그녀가 그에게 미소를 보이며 말했다.

"내가 누나를 잊는 게 아니라 누나가 나를 잊을 것 같은데 뭐."

짐이 어깨를 움츠리며 말했다. 그녀의 얼굴에 빨간 기운이 올라왔다.

"그게 무슨 말이야?"

그녀가 물었다.

"누나에게 새 친구가 생겼다는 얘기 들었어. 그 사람 누구야? 왜 나에게는 말을 안 했어? 누나에게 별로 이로울 것 같지 않은 사람이야."

"그만해, 짐!"

그녀가 외쳤다.

"그 사람을 나쁘게 말하지 마. 내가 사랑하는 사람이란 말이야."

"그 사람 이름도 모르면서 어떻게 그럴 수가 있어."

젊은이가 대답했다.

"대체 누군데? 나도 알 권리가 있어."

"나는 그를 백마를 탄 왕자님이라고 부른다. 왜 마음에 드니? 오! 철부지 녀석아! 결코 이 이름을 잊어선 안 돼. 너도 그 사람을 보기만 하면 세상에서 가장 훌륭한 사람이라고 생각하게 될 거야. 언젠가는 그를 보게 될 거야. 그래, 네가 오스트레일리아에서 돌아오면 만나게 될 거야. 너도 그 사람을 좋아하게 될 거야. 모든 사람들이 그를 좋아하거든. 난…… 그를 사랑해. 오늘 밤에 너도 극장에 오면 좋을 텐데. 그 사람이 올 거야. 내가 줄리엣을 연

기해야 하는데 아, 어떻게 연기를 하지! 짐, 상상을 좀 해
봐. 사랑에 빠져 있는데 사랑에 빠진 줄리엣을 연기하는
거잖아! 게다가 그 사람 앞에서! 나는 그를 기쁘게 해주고
싶어. 나는 관객들을 놀라게 할까 봐 두려워. 그들을 놀라
게 하거나 매료시킬까 봐 두려워. 사랑하는 일은 자신을
초월해야 하는 거야. 야비하고 지독한 아이작스 씨도 술
집에서 같이 빈둥대는 패거리 건달들에게 나를 천재라고
얘기하게 될 거야. 그는 마치 나를 교리를 전파하듯 선전
하곤 했는데 오늘 밤엔 계시를 전하는 것처럼 소개할 거
야. 그럴 것 같은 느낌이 들어. 이 모든 것은 다 그이 때문
이야. 오로지 그이, 아름다운 왕자님, 내가 사랑하는 멋진
사람, 자비로운 나의 신 덕분이지. 물론 그분과 비교하면
나는 너무 가난해. 하지만 그게 그리 중요한가? 가난이 문
안으로 들어오면 사랑은 창문으로 달아난다고 하지. 하지
만 그 속담은 다시 써야 해. 모두 다 겨울에 쓴 거지만 지
금은 여름이잖아. 더구나 나에게는 봄이야. 푸른 하늘에
꽃들이 흩날리며 춤을 추는 그런 봄날 말이야."

"그 사람은 신사라면서?"

짐이 시무룩하게 말했다.

"왕자님이라니까! 대체 무슨 말을 하고 싶은 거야?"

그녀가 노래하듯 말했다.

"그 사람은 누나를 노예처럼 구속하려고 해."

"자유로워진다는 건 생각만 해도 겁이 나."

"그 사람을 조심했으면 해."

"그 사람을 보면 숭배하게 될 거야, 그이를 알게 되면 믿음이 생기게 될 거야."

"시빌 누나, 그 사람에게 넋이 나갔구나."

시빌은 웃음을 터뜨리며 동생의 팔을 잡았다.

"사랑하는 동생 짐, 너는 마치 백 살 먹은 노인네처럼 말하는구나. 언젠가는 너도 사랑에 빠지게 되면 알게 될 거야. 그렇게 부루퉁한 표정 짓지 마. 너는 곧 떠나지만 지금 난 누구보다 행복하니까 이 점을 생각하고 마음 놓고 기뻐해도 돼. 우리 모두 힘들게 살아왔어. 정말 끔찍할 정도로 힘들고 어려웠지. 하지만 너도 새로운 세계로 떠나고 나는 벌써 새로운 세계를 찾았으니까 이제부터는 달라질 거야. 저기 의자 두 개가 있구나. 저기 앉아서 지나는 사람들 구경이나 하자."

그녀는 웃으면서 짐의 팔을 잡았다.

그들은 많은 구경꾼들 사이에 자리를 잡고 앉았다. 도로 건너편 둥그런 튤립 꽃밭은 불길이 너울대듯 타오르고 있었다. 흰 붓꽃 뿌리 모양의 구름들처럼 하얀 가루가 숨 막히는 공기 중을 떠돌았다. 밝고 화사한 양산들이 거대한 나비인 듯 위로 춤을 추며 오르내렸다.

그녀는 동생에게 그 자신에 대해, 그의 희망과 장래 전망에 대해서 얘기해 보라고 재촉했다. 짐은 천천히 어렵게 입을 열었다. 그들은 마치 시합에서 펀치를 주고받는 선수들처럼 이야기를 주고받았다. 시빌은 무엇인가가 짓누르는 듯한 느낌을 받았다. 그녀는 자신의 기쁨을 말로 전달할 수가 없었다.

그녀가 얻을 수 있는 반응이라고는 그저 부루퉁한 입가에 그려진 희미한 미소가 전부였다. 시간이 좀 흐르고 나자 그녀는 자연스럽게 입을 다물었다. 그때 갑자기 금발 머리와 미소 짓는 입술이 얼핏 눈에 들어왔다. 그리고 도리언 그레이가 두 명의 귀부인과 함께 무개 마차를 타고 지나는 모습이 보였다.

그녀는 자리에서 벌떡 일어섰다.

"저 사람이야!"

그녀가 외쳤다.

"누구?"

짐 베인이 물었다.

"백마를 탄 왕자님."

그녀는 눈으로 사륜마차를 쫓았다. 짐도 벌떡 일어나 누나의 팔을 거칠게 잡았다.

"그 사람을 내게도 보여줘. 어느 쪽이야? 누군지 알려줘, 꼭 그 사람을 봐야겠어."

그가 소리쳤다. 하지만 바로 그 순간 베릭 공작의 무개마차가 그 사이를 지나갔고 그러는 사이 도리언 그레이가 탄 마차도 공원을 빠져나가 버렸다.

"지나가 버렸어. 네게 보여 주고 싶었는데."

시빌이 슬픈 목소리로 중얼거렸다.

"나도 보고 싶었는데. 하느님께 맹세하지만, 그 사람이 누나를 불행하게 만든다면 꼭 죽이고 말 거야."

시빌은 공포가 서린 눈으로 짐을 바라보았다. 짐은 같은 말을 다시 한 번 했다. 그 말이 비수처럼 허공을 갈랐다. 주위에 있던 사람들도 입을 크게 벌리고 두 사람을 바라보았다. 시빌 곁에 서 있던 어떤 여자는 소리를 죽여 가며 킥킥거렸다.

"그만 가자, 짐. 가자고."

그녀가 속삭였다. 그녀가 앞장서서 사람들 사이를 헤치고 나가자 짐은 마지못해 따라 나섰다. 그는 자신이 했던 말이 만족스러웠다.

그들이 아킬레우스 동상 앞에 이르렀을 때 그녀가 돌아섰다. 동정의 빛이 눈에 어려 있었지만 금세 웃음으로 바뀌었다. 그녀는 동생을 바라보며 고개를 저었다.

"넌 참 바보야. 짐, 어쩌면 그렇게 바보 같니? 심술 맞고 어리석어. 어떻게 그런 말을 할 수가 있니? 넌 스스로 무슨 말을 하는지도 모르고 있어. 그저 질투도 많고 고약해. 아! 너도 얼른 사랑에 빠져 봐야 할 텐데. 사랑에 빠지면 사람이 착해지거든. 좀 전에 네가 한 말은 너무 심했어."

"난 열여섯 살이야."

그가 대답했다.

"내가 무슨 말을 하는지 얼아. 엄마는 누나에게 도움이 안 돼. 누나를 어떻게 돌봐 줘야 하는지도 모르시거든. 지금 같아서는 오스트레일리아에 가는 것도 그만두고 싶어. 계약서에 사인만 하지 않았어도 그렇게 했을 거야."

"오, 짐! 제발 너무 심각하게 생각하지 마. 그러니까 네가 꼭 우스꽝스러운 멜로드라마에 나오는 주인공 같다. 엄마가 옛날에 정말 좋아해서 연기해 보고 싶다고 하신 거였잖아. 너랑 말싸움하지 말아야지. 나는 그 사람을 본 것만으로도 좋아. 행복하단 말이야. 우리 싸우지 말자. 내가 사랑하는 사람을 네가 해치지 않을 거라는 걸 알아, 그렇지?"

"누나가 그 사람을 사랑하는 한 그럴 테지."

그가 시무룩하게 대답했다.

"나는 그 사람을 영원히 사랑한다니까!"

그녀가 외쳤다.

"그럼 그 사람은?"

"그도 영원히 나를 사랑할 거야."

"그러는 편이 그에게도 좋을 거야."

시빌은 짐에게서 조금 물러섰다. 그러다가 다시 웃으며 동생의 팔을 잡았다. 동생은 그저 어린 소년이었다.

그들은 마블 아치에서 마차를 잡아타고 유스턴 거리에 있는 자신들의 초라한 집 근처에서 내렸다. 5시가 넘은 시각이었다. 시빌은 무대에 오르기 전에 두 시간가량 누워서 쉬어야 했고, 짐도 계속해서 고집을 부렸다. 그는 누나에게 차라리 어머니가 안 계실 때 작별인사를 하자고 말했다. 어머니는 울고불고 야단법석을 떨게 분명한데 자기는 그런 상황이 싫다고 했다.

그들은 시빌의 방에서 작별 인사를 나누었다. 소년의 가슴속에는 질투심이 불타오르고 낯선 이에 대한 살의 같은 격렬한 증오감마저 꿈틀댔다. 그 사람은 누나와 자신 사이에 끼어들어 사이를 갈라놓는 사람일 뿐이었다. 하지만 시빌이 두 팔로 그의 목을 안고 머리를 쓰다듬어 주자 마음이 누그러졌다. 짐은 애정을 담뿍 담아 누나에게 키스했다. 아래층으로 내려가는 그의 눈에 눈물이 고였다.

아래층에서 어머니가 기다리다가 아들이 들어오자 시

간을 지키지 않는다고 푸념했다. 그는 대꾸도 하지 않고
자리에 앉아 건성으로 밥을 먹었다. 식탁 주위로 파리가
날아다니고 얼룩 묻은 식탁보 위를 기어 다니기도 했다.
짐은 천둥 같은 소리를 내는 합승 마차 소리, 딸그락거리
는 소형 마차 소리가 들리는 가운데 앉아 얼마 남지 않은
자신의 시간을 집어삼키는 목소리를 들을 수 있었다.

　잠시 후에 접시를 앞으로 밀어내고 두 손으로 머리를
감싼 그는 자신에게 알 권리가 있다는 생각이 들었다. 진
작 들었어야 했다. 어머니는 두려움에 납빛이 된 얼굴로
그를 지켜보았다. 그녀는 입으로 기계적인 말을 내뱉고,
손으로는 너덜거리는 레이스 손수건을 구겼다. 6시를 알
리는 시계 종이 울리자 짐이 일어나 문으로 향했다. 그러
다가 갑자기 돌아서서 어머니를 바라보았다. 눈이 마주치
자 짐은 어머니 눈에서 용서를 간절히 호소하는 바람을
보았다. 그게 그를 더욱 화나게 했다.

　"어머니, 물어볼 것이 있습니다."

　그가 말했다. 그의 어머니의 시선은 방 안을 이리저리
두리번거렸다. 그녀는 아무런 대답을 하지 않았다.

"진실을 말해 주세요. 나에게도 알 권리라는 게 있거든요. 어머니, 아버지하고 결혼은 하신 건가요?"

그녀는 깊은 한숨을 내쉬었다. 그것은 안도의 한숨이었다. 마침내 두려운 순간, 밤이고 낮이고 며칠, 몇 달 동안 두려워했던 그 순간이 마침내 다가왔지만, 그녀는 전혀 두렵지 않았다. 오히려 조금 실망스러운 기분이 들기까지 했다. 질문이 너무 저속하고 직설적이었기 때문에 대답도 그럴 수밖에 없었다. 차근차근 단계적으로 이야기할 상황이 아니었다. 이 상황은 그녀에게 형편없는 리허설을 떠올리게 했다.

"아니다."

그녀는 인생이 가혹할 정도로 단순한 게 아닐까 생각하며 말했다.

"그럼 내 아버지는 건달이었나요?"

짐이 두 주먹을 불끈 쥐며 소리쳤다.

그녀는 고개를 저었다.

"난 네 아버지가 자유롭지 못했다는 것을 알고 있었다. 하지만 우리는 서로 무척 사랑했단다. 네 아버지가 살아

계셨다면 우리를 돌봐 주셨을 거야. 애야, 아버지에 대해 함부로 말하지 말았으면 좋겠구나. 그분은 네 아버지고 신사였어. 정말로 그분은 귀족 집안 출신이었단다."

그의 입에서 악담이 튀어나왔다.

"나야 어찌되든 상관없어요."

그가 소리쳤다.

"하지만 시빌 누나가 잘못된다면 가만두지 않겠어요. 누나와 사랑에 빠진 그 사람도 신사라면서요? 그가 그냥 그렇게 말한 건가요? 그자도 귀족이겠군요?"

잠시 소름끼치는 모욕감이 여인을 엄습했다. 그녀는 고개를 떨어뜨리고 눈물을 닦았다.

"시빌에게는 이 엄마가 있잖아. 나에게는 아무도 없었단다."

젊은이는 가슴이 뭉클해졌다. 그는 어머니에게 다가가 허리를 굽혀 키스했다.

"괜히 아버지에 대해 물어봐서 어머니 마음을 아프게 했군요. 죄송해요."

그가 말했다.

"하지만 여쭤보지 않을 수 없었어요. 전 이제 가 봐야 해요. 안녕히 계세요, 어머니. 이제 돌봐야 할 자식이 한 명뿐이라는 것을 잊지 마세요. 만일 그 남자가 누나에게 나쁜 짓을 하면 끝까지 찾아내서 개처럼 죽이고 말 거라는 사실도 명심하세요. 맹세해요."

과장된 위협과 열정적인 몸짓, 감상적인 어조와 뒤따르는 신파조의 말들이 그녀에게는 인생을 더욱 생생한 것으로 만들어 주는 것 같은 기분이 들었다. 그녀는 이런 분위기가 익숙했고 오히려 편하게 숨 쉴 수 있었다.

여러 달 만에 처음으로 아들이 자랑스러웠다. 그녀는 이런 감정, 이런 장면이 계속되기를 바랐지만 아들이 뚝 끊어 버렸다. 트렁크를 나르고 머플러를 찾고, 마부와 흥정을 하는가 하면 그 주위로 하숙집 일꾼도 부산스레 돌아다녔다. 그렇게 무서웠던 순간도 하찮은 세상살이에 묻혀 버렸다.

아들이 마차를 타고 떠날 때 창가에서 찢어진 레이스 손수건을 흔들던 그녀는 실망스러웠다. 대단히 좋은 기회를 날려 버렸다는 생각이 들었다. 그녀는 시빌에게 돌볼

자식이 하나밖에 남지 않아 섭섭하다고 말하며 마음을 달랬다. 아들이 한 말을 떠올리자 그녀는 흐뭇했다. 그러나 짐이 했던 위협적인 말에 아무런 대답도 하지 못했다. 아들의 그 위협적인 말은 생동감이 넘치며 극적인 표현이었다. 그녀는 언젠가 가족 모두가 그 말을 떠올리며 웃을 날이 올 거라고 생각했던 것이다.

제6장

도리언의 약혼

"바질, 소식은 들었지?"

그날 저녁, 홀워드가 3인분의 식사가 차려진 브리스톨 호텔의 조그만 방에 나타나자 헨리 경이 물었다.

"아니, 특별히 들은 게 없는데, 해리?"

화가가 머리 숙여 인사하는 웨이터에게 모자와 코트를 건네면서 대답했다.

"무슨 소식이지? 정치에 관한 건 아니면 좋겠는데. 정치는 관심 없어. 하원 의원 가운데는 초상화를 그려 줄 가치가 있는 사람은 단 하나도 없다니까. 그들 대부분은 조금 하얗게 칠하면 그나마 좀 나아 보일 수 있겠지만 말이야."

"도리언 그레이가 약혼을 했다네."

헨리 경이 홀워드를 자세히 살피며 말했다.

홀워드는 깜짝 놀랐고 이내 얼굴을 찌푸렸다.

"도리언이 약혼을 하다니! 믿을 수 없어!"

그가 큰 소리로 외쳤다.

"틀림없는 사실이야."

"누구랑?"

"나이 어린 여배우라고 하든가."

"믿을 수가 없군. 도리언 그 친구가 얼마나 사리분별이
분명한데."

"바질, 너무 똑똑하면 가끔 어리석은 짓을 저지르는 법
이라네."

"해리, 결혼이란 게 가끔 저지를 수 있는 그런 짓이라고
할 수는 없잖아."

"미국에서는 예외야."

헨리 경이 심드렁하게 대답했다.

"한데 난 결혼한다고 말한 건 아니야. 그저 약혼이라고.

결혼과 약혼은 큰 차이가 있잖아. 나는 결혼은 똑똑히 기억하지만 약혼은 도저히 기억이 안 나. 약혼을 한 적이 없다고 생각하는 게 편해."

"하지만 도리언 집안을 생각해 보게. 지위며 재산이며 모든 게 자신보다 수준이 떨어지는 여자와 결혼을 하는 건 어리석은 짓이야."

"바질, 자네가 그렇게 얘기하면 도리언은 틀림없이 그 여자와 결혼을 하고야 말 거야. 분명히 그러고도 남을 친구야. 인간이 철저히 바보짓을 할 때는 항상 고귀한 동기가 있거든."

"그 여자가 착하기만을 바라야겠군. 해리, 도리언이 만약 본성을 타락시키고 지성을 망가뜨리는 여자와 엮인다면 보고 싶지 않아."

"아, 그 여자는 착한 것 이상인 사람이야. 아름답지."

헨리 경이 오렌지 버터를 넣은 베르무트 주를 홀짝이며 중얼거렸다.

"도리언이 아주 아름다운 여자라고 하더군. 그 친구가 그런 건 또 정확하지. 자네가 그 친구 초상화를 그려 주는 바람에 사람의 외모를 판단하는 안목을 키워준 모양이야. 다른 무엇보다 그 초상화가 가장 큰 영향을 미쳤단 말일세. 그 젊은 친구가 자신이 한 약속을 잊지 않았다면 우리는 오늘 밤 그 여자를 보게 될 거야."

"진심으로 하는 얘기지?"

"물론이야. 바질, '지금 이 순간보다 더 진지할 수 있을까' 하는 생각을 하면 비참한 기분이 될 정도야."

"그런데 해리, 자네는 그럼 그 결혼을 인정한다는 거야?"

화가가 부산스레 방 안을 왔다 갔다 하면서 입술을 깨물며 물었다.

"자넨 찬성할 수 없을 테지. 도리언은 지금 어리석은 정열에 빠진 거야."

"나는 이제 어떤 것도 찬성하거나 반대하지 않아. 그런 건 삶을 대하는 올바른 태도가 아니거든. 우리는 도덕적 편견이나 내세우려고 세상에 태어난 게 아니니까 말이야. 난 보통 사람들이 무슨 말을 해도 별로 신경 쓰지 않아. 아름다운 사람들이 무슨 짓을 해도 마찬가지로 신경 쓰지 않지. 내가 어떤 인물에 매혹을 당했다면 그 인물이 어떤 식으로 자신을 표현하든 그저 기쁜 마음일 거야. 도리언 그레이가 줄리엣을 연기하는 여자와 사랑에 빠져서 결혼을 한다고 하면 안 될 거 있나? 설사 그 친구가 타락의 여인 메살리나와 결혼한다고 해도 흥미로울 거야. 자네도 아는 것처럼 나는 결혼 제도를 옹호하는 사람이 아니야. 결혼의 진짜 문제점은 사람을 이기적이지 않게 만든다는 거야. 이기적이지 않은 사람은 색깔이 없어. 개성이 없단 말일세. 물론 반대로 결혼 때문에 더 복잡해지는 사람도 있긴 하지. 그런 사람들은 자신의 이기심을 유지하면서도 거기에 다른 자아들을 덧붙이는 거야. 그러니 어쩔 수 없이 여러 형태의 삶을 살게 되고 점점 복잡하고 체계적인 사람이 되는 거지. 고도로 체계적이 되는 게 인간 존재의 목적이 아닐까 싶네. 덧붙이자면, 모든 경험은 다 가치가 있지. 누군가 결혼에 대해 반대하는 말을 한다고 하더라도 그 말 자체가 하나의 경험인 셈이야. 나는 도리언 그레이가 그 아가씨를 아내로 삼아서 6개월 동안 열정적인 사랑을 하다가 어느 날 갑자기 또 다른 사람에게 푹 빠지기를 바란다네. 그럼 그 친구는 아주 훌륭한 연구 대상이 되는 거야."

"해리, 자네는 단 한마디도 진심을 말하지 않는군. 진심이 아니라는 건 자네도 잘 알 거야. 도리언 그레이의 삶이 망가지면 가장 슬퍼할 사람은 바로 자네일 걸세. 자네는 겉으로 꾸미는 모습보다 훨씬 더 좋은 사람이지."

헨리 경이 웃음을 터뜨렸다.

"우리 모두가 다른 사람을 좋게 보고 싶은 까닭은, 우리가 자기 자신에 대해 너무 걱정하기 때문이야. 낙관주의의 근원은 바로 순전한 공포라네. 우리는 이웃이 우리에게 이익이 되는 미덕을 갖고 있다고 믿기 때문에 관대해지는 거야. 우리가 은행가에게 아부를 하는 것은 당좌 차월을 받아 내기 위한 거고, 노상강도에게서 장점을 찾아내려는 것은 우리 주머니가 털리지 않기를 바라는 마음에서야. 내가 하는 말은 모두 다 진심에서 나오는 걸세. 나는 낙관주의를 경멸해. 망가진 삶이라고 했나? 어떤 삶이든 성장이 멈출 수는 있어도 망가질 수는 없어. 본성을 훼손하고 싶다면 그저 바꾸기만 하면 된다네. 결혼은 정말 바보짓이야. 세상에는 결혼보다 훨씬 더 재미있고 흥미로운 남녀 간의 결합이 있잖은가. 나는 그런 결합들을 추천하네. 사람들의 인기를 끌 걸세. 그건 그렇고 저기 도리언이 오는군. 저 친구가 더 많은 얘기를 해 줄 거야."

"오, 해리, 바질, 두 분 다 모두 저를 축하해 주셔야 해요!"

도리언이 공단으로 안감을 댄 이브닝 망토를 벗어던지고 두 사람과 각각 악수를 하며 말했다.

"오늘처럼 행복한 적은 처음이에요. 물론 갑작스레 일어난 일이지만 진짜 기쁜 일은 모두 갑자기 일어나는 거잖아요. 제가 지금까지 살아오면서 계속 찾던 일을 드디어 발견한 것 같아요."

그는 흥분과 기쁨으로 뺨이 붉어졌다. 그 모습이 상당히 멋지게 보였다.

"도리언, 자네가 언제나 그렇게 행복하길 바라네."

홀워드가 말했다.

"하지만 약혼 소식을 나에게 알리지 않은 건 용서할 수 없어. 해리에겐 알려줬으면서 말이야."

"나는 자네가 저녁 식사에 늦은 것을 용서 못 하겠소."

헨리 경이 웃는 얼굴로 도리언의 어깨에 손을 얹었다.

"자, 여기 앉아서 이곳 새 주방장의 솜씨가 어떤지 확인해 보자고. 그런 다음 자네는 지금까지 일어난 일을 얘기해 주고."

"딱히 드릴 말씀은 없어요."

그들이 조그맣고 둥근 테이블에 자리를 잡고 앉자 도리언이 큰 소리로 말했다.

"이렇게 된 겁니다. 해리, 어제 저녁에 당신과 헤어지고 나서 옷을 갈아입은 후 당신이 소개해 준 루퍼트 거리의 작은 이탈리아 식당에서 저녁을 먹고, 8시에 극장으로 내려갔지요. 시빌이 로잘린드 역을 하더군요. 물론 무대는 형편없었고, 올랜도 역도 별로였어요. 하지만 시빌만큼은! 오, 두 분이 그녀를 봤어야 하는데! 그녀가 시동 옷을 입고 나왔을 때 어찌나 완벽하던지. 그녀는 황갈색 소매가 달린 초록색 벨벳 상의를 입고 십자 모양의 대님을 맨 가늘고 긴 갈색 양말, 매의 깃털을 보석으로 고정한 조그맣고 아름다운 초록색 모자, 연한 붉은색 줄무늬의 모자가 달린 망토를 걸쳤어요. 오, 지금까지 본 그녀의 모습 가운데 가장 아름다웠답니다. 그녀는 바질, 당신의 화실에 있는 타나그라 인형이 가진 섬세한 매력을 모두 지녔어요. 그녀의 머리카락은 마치 창백한 장미꽃을 둘러싼 짙은 이파리처럼 그녀의 얼굴을 감쌌어요. 그녀의 연기는, 그래요. 오늘 밤에 보면 아실 거예요. 그녀는 정말 타고난 배우예요. 나는 음침한 특별 객석에 앉아 그녀에게 완전히 마음을 빼앗겼어요. 19세기 런던에 있다는 사실조차 까맣게 잊어버릴 정도였어요. 지금까지 누구도 본 적이 없는 아무도 없는 숲속에 연인과 단둘이 동떨어져 있는 그런 기분이었어요. 공연이 끝난 뒤에 나는 무대 뒤로 가서 그녀와 이야기를 나눴어요. 함께 앉아 있는데 지금까지 한 번도 보지 못한 표정이 문득 그녀의 눈동자에서 떠오르더군요. 그 순간 저도 모르게 제 입술이 그녀에게 다가갔어요. 우리는 입을 맞췄어요. 그 순간 느낌을 표현할 수가 없네요. 지금까지 살아온 제 인생이 장밋빛 환희로 물든 그 한순간에 집중되는 것 같았어요. 그녀는 온몸을 떨더군요. 하얀 수선화처럼 떨었어요. 그러더니 무릎을 꿇고 제 손에 입을 맞췄어요. 이런 건 얘기하지 않으려고 했는데 말하지 않을 수가 없네요. 당연하지만 우리 약혼은 비밀이에요. 그녀도 자기 엄마에게 얘기하지 못했어요. 제 후견인들은 뭐라고 할지 모르겠어요. 래들리 경은 분명히 엄청 화를 낼 거예요. 상관없어요. 어차피 성인이 되려면 1년도 채 남지 않았으니 까요. 그때가 되면 뭐든 제가 하고 싶은 대로 할 수 있잖아요. 바질, 저에게도 권리가 있는 거죠? 시에서 사랑을 얻고, 셰익스피어의 희곡에서 제 아내를 찾은 건 잘한 일이지요? 셰익스피어에게 말하는 법을 배운 입술들이 내 귓가에 비밀을 속삭였답니다. 나는 로잘린드의 팔이 제 몸을 감싸게 하고, 줄리엣의 입술에 키스를 했어요."

"그래, 도리언, 자네 생각이 옳았어."

홀워드가 말했다.

"오늘도 그 아가씨를 보았나?"

헨리 경이 물었다.

도리언 그레이가 고개를 저었다.

"아덴의 숲에 남겨두고 왔어요. 하지만 베로나의 과수

원에서 찾을 거예요."

헨리 경이 생각에 잠긴 듯 샴페인을 홀짝였다.

"도리언, 그래 언제 결혼이라는 말을 한 건가? 그리고 그녀는 뭐라던가? 기억이 나지 않겠지만 말해 보게."

헨리 경은 사색에 잠긴 듯한 태도로 샴페인을 마셨다.

"오, 해리, 전 사업을 하는 것처럼 그러진 않았어요. 물론 어떤 형식적인 청혼은 하지 않았지요. 그냥 그녀를 사랑한다고 했을 뿐이에요. 그랬더니 그녀가 제 아내 될 자격이 없다고 하더군요. 자격이 없다니요! 이 세상 전부를 준대도 그녀와는 바꿀 수 없는데요."

"여자들은 원래 현실적인 법이지."

헨리 경이 중얼거렸다.

"우리보다 훨씬 더 현실적이야. 그런 상황에서 남자들은 가끔 결혼 이야기를 잊어버리는데도 여자들은 절대 그러는 법이 없거든."

홀워드가 헨리 경의 팔에 손을 얹었다.

"그러지 마, 해리. 자네 도리언을 괴롭히고 있잖아. 이 친구는 다른 사람과 달라서 누구에게 해를 끼치지 않을 거야. 심성이 매우 곱거든."

헨리 경이 식탁 맞은편을 바라보았다.

"도리언은 나에게 화를 내지 않아."

그가 대답했다.

"나는 가장 그럴듯한 이유, 그러니까 어떤 질문에도 대답할 수 있는 충분한 이유가 있어서 물어본 거야. 나는 먼저 청혼을 하는 쪽이 언제나 여자라는 생각을 가지고 있다네. 물론 중산층의 생활에서는 예외로 해야겠지. 중산계급은 아직 현대식 사고를 갖고 있지 못하니까."

도리언은 웃음을 터뜨리며 고개를 젖혔다.

"해리, 당신은 정말 구제불능이라니까요. 하지만 상관없어요. 당신에게 화를 낼 수는 없죠. 당신이 시빌 베인을 보는 순간 그녀에게 나쁜 짓을 하는 사람은 따뜻한 가슴이 없는 짐승이라고 생각하실 거예요. 나는 인간이란 자가 어떻게 자신이 사랑하는 사람을 모욕하고 싶어 하는지 이해가 안 돼요. 저는 시빌 베인을 사랑해요. 그녀를 황금으로 만든 단 위에 올려놓고 온 세상이 내 여자를 숭배하는 걸 보고 싶어요. 결혼이라는 게 뭔가요? 돌이킬 수 없는 맹세잖아요. 그래서 당신은 결혼을 조롱하는 거잖아요. 아! 비웃지 마세요. 저는 돌이킬 수 없는 그 맹세를 하고 싶다니까요. 그녀의 신뢰 때문에 저는 충실한 인간이 되고, 그녀의 믿음으로 저는 선한 사람이 된답니다. 그녀와 함께 있으면 당신이 가르쳐 준 것을 귀담아들은 게 후회가 돼요. 옛날의 제가 아니에요. 변했답니다. 시빌 베인의 손이 슬쩍 닿기만 해도 전 당신과 당신이 들려준 잘못된, 매력적이지만 독이 있는 그 유쾌한 이론들을 다 잊어버리게 되는 거예요."

"이론들이라고?"

헨리 경이 샐러드를 조금 먹으며 물었다.

"아, 그거요? 인생이나 사랑, 쾌락에 관한 이론들. 당신이 말하는 모든 이론을 말하는 거예요, 해리."

"이론이라고 할 수 있는 건 쾌락뿐일세."

헨리 경이 노래하듯 느릿느릿 대답했다.

"하지만 내 이론을 내 거라고 주장할 수는 없어. 쾌락은 자연의 것이거든. 자연이 시험하고 승인하는 게 쾌락이지. 우리가 행복할 때는 언제나 선량하지만, 선하다고 해서 반드시 행복한 건 아니야."

"아, 그렇군. 그런데 자네가 말하는 선이란 무엇을 의미하나?"

바질 홀워드가 큰 소리로 물었다.

"맞아요. 그 선하다는 의미가 뭐예요?"

도리언이 의자 등받이에 몸을 기댄 채 탁자 중앙에 놓인 자주색 입술 모양 붓꽃 너머로 헨리 경을 바라보았다.

"선하다는 것은 자신의 자아와 조화를 이룬다는 거지."

그가 창백하고 가냘픈 손가락으로 유리잔의 굽을 만지며 대답했다.

"부조화는 억지로 다른 사람과 조화를 이루려고 하는 것이니, 자기 고유의 삶이 가장 중요한 거야. 누군가가 도덕군자인 척하거나 청교도가 되려고 한다면 이웃의 삶에 대해 자신의 도덕적인 견해를 말할 수는 있겠지만 이웃의 삶에 신경을 쓸 수는 없어. 게다가 현대 개인주의는 좀 더 높은 목표를 가지고 있지. 현대의 도덕은 자기 시대의 기준을 받아들이는 데 있어. 하지만 나는 교양 있는 사람이 자기 시대의 기준을 받아들이는 것이 가장 천한 부도덕이라고 생각해."

"하지만 해리, 사람이 자기 자신만을 위해 산다면 커다란 대가를 치르지 않을까?"

홀워드가 말했다.

"맞는 말이야. 요즘에 우리는 무엇에 대해서든 너무 많은 값을 치르고 있어. 내 생각에 가난한 이들의 진짜 비극은 그들이 아무것도 살 수 없지만 금욕만은 얼마든지 살 수 있다는 거야. 아름다운 물건처럼 아름다운 죄라는 건 부자들만이 누리는 특권이지."

"대가를 치른다고 했던 건 돈이 아닌 다른 방법이야."

"바질, 어떤 것을 말하는 건가?"

"아, 말하자면 후회, 고뇌, 또…… 그렇지, 타락했다는 자각 따위로 지불할 수 있지 않을까?"

헨리경이 어깨를 으쓱했다.

"여보게, 중세 예술은 매력적인 부분이 있지만 그런 식의 중세적인 감정은 이젠 구식이 되어 버렸어. 물론 소설을 쓸 때는 그런 감정도 쓸 수는 있지만 소설에 써 먹을 수 있는 것들도 이제는 현실에서 더 이상 사용하지 않는 것들뿐이야. 내 말을 믿으라고. 문명인치고 쾌락을 후회하는 사람은 없어. 미개한 사람들은 쾌락이 무엇인지 모르지."

"저도 쾌락이 뭔지 알아요. 그건 누군가를 숭배하는 거예요."

도리언이 큰 소리로 외쳤다.

"숭배 받는 것보다야 그게 낫지요. 숭배를 받는 일은 아주 성가셔. 그런데도 여자들은 인간이 신을 대하는 것처럼 우릴 대하지. 우리를 숭배하는 거요. 그러면서 자기네들을 위해 뭔가를 해 달라고 귀찮게 굴어 대잖아."

헨리 경이 과일을 만지작거리며 대답했다.

"여자들이 뭔가를 요구하든 그것을 우리에게 먼저 주었기 때문에 요구하는 거예요. 여자들은 우리 본성에 사랑이라는 걸 창조해 주었어요. 그래서 그걸 되돌려 달라고 요구할 권리도 있는 거죠."

도리언이 차분하게 말했다.

"도리언, 확실히 맞는 말이야."

홀워드가 큰 소리로 말했다.

"맞긴 뭐가 맞아?"

헨리 경이 말했다.

"맞다니까요. 해리, 여자들은 자기 삶에서 가장 큰 황금기를 남자들에게 준다는 걸 인정하셔야 해요."

"그럴지도 모르지. 문제는 여자들이 언제나 자잘한 푼돈까지도 남기지 않고 받아내려 한다는 걸세. 어떤 재기발랄한 프랑스인이 말한 것처럼 여자들은 우리에게 걸작을 만들 욕망을 불어넣고는 그것을 만들지 못하게 항상 방해를 한다네."

헨리 경이 탄식하듯 말했다.

"해리, 당신 정말 지독하군요. 그런데 제가 왜 당신을 좋아해야 하는지 도대체 모르겠어요."

"도리언, 자네는 언제나 나를 좋아할 거야."

헨리 경이 대답했다.

"자네들, 커피나 한잔 하지. 웨이터, 커피 좀 줘. 핀상파뉴 브랜디하고 담배도 좀 가지고 오게. 아니지, 담배는 됐어. 몇 개비 남았군. 바질, 자네는 시가를 피우지 말고 궐련을 좀 피워 봐. 궐련은 쾌락을 추구하는 완벽한 형태거

든. 절묘하지. 궐련은 계속해서 피우고 싶게 만들어. 그보
다 좋은 게 어디 있겠나? 그리고 도리언, 한 번 더 말하지
만 자네는 나를 항상 좋아할 거야. 난 자네가 용기 없어
저지르지 못했던 모든 죄악을 자네에게 다 보여 줄 거거
든."

"무슨 말을 하는 거예요!"

도리언이 웨이터가 탁자 위에 놓아둔, 붉은색 용 장식
라이터로 담뱃불을 붙이며 큰 소리로 말했다.

"자, 이제 극장에 가요. 무대에 올라간 시빌을 보면 당
신도 인생의 새로운 이상을 갖게 될 거예요. 그녀는 당신
이 지금까지 전혀 알지 못했던 새로운 걸 보여 줄 테니까
요."

"나는 이미 모든 걸 알고 있어."

헨리 경이 피곤함이 서려 있는 눈빛으로 말했다.

"하지만 새로운 감정을 받아들일 준비는 되어 있지. 그
런데 문제는 새로운 감정 따위는 없단 말이야. 그래도 어
떤지 자네가 말한 그 멋진 아가씨가 나를 감동시킬지도
모르지. 난 연극을 무척 좋아해. 어떤 때는 연극이 진짜

삶보다 훨씬 더 현실적이거든. 아무튼 이제 가 볼까? 도리언, 자네는 나와 함께 가고 바질은 미안하지만 사륜마차에는 자리가 둘뿐이니 이륜마차로 따라오라고."

그들은 자리에서 일어나 선 채로 커피를 마셨다. 화가는 생각에 잠겨 아무 말이 없었는데 마치 어두운 기운에 휩싸인 것처럼 보였다. 그는 도리언의 결혼을 받아들일 수 없었다. 하지만 어쩌면 다른 많은 일이 생기는 것보다 이게 나을지도 모른다는 생각도 했다. 잠시 후 그들은 모두 아래층으로 내려갔다. 좀 전에 정했던 대로 홀워드는 혼자서 마차를 타고 앞에서 달리고 있는 작은 사륜마차의 반짝이는 불빛을 지켜보았다. 설명할 수 없는 상실감이 밀려왔다. 도리언 그레이가 결코 다시는 예전 모습으로 되돌아올 수 없을 것만 같았다. 삶이 그들 사이에 끼어든 것이다……. 눈앞이 어두워졌고 사람들로 북적이는 화려한 거리가 흐릿하게 보였다. 이윽고 마차가 극장 앞에 멈췄을 때 그는 마치 몇 년쯤 더 나이 먹은 듯한 기분이 들었다.

제7장

초상화의 표정

무슨 이유에서인지 그날 밤 극장은 사람들로 붐볐다. 입구에서 그들을 맞이했던 뚱뚱한 유대인 극장 지배인은 입이 귀에 걸려서는 히죽거리며 느끼한 웃음을 짓고 있었다. 그는 보석을 주렁주렁 매단 커다란 손을 흔들어대며 목청껏 이야기하면서 지나치게 겸손한 척하며 그들을 특별관람석으로 안내했다. 도리언 그레이는 이날따라 이 유대인이 몹시 싫었다.

마치 템페스트의 미란다를 찾으러 왔다가 칼리반을 만난 기분이었다. 반면에 헨리 경은 그 사내가 마음에 들었다. 호감이 간다고 했다. 게다가 계속 손을 붙잡고 흔들며 진정한 천재를 만나고 그 시인 한 사람 때문에 파산까지 감수한 사람을 만나 영광이라고까지 해 주었다. 홀워드는 1층 객석에 앉은 사람들을 훑어보며 즐거워했다. 실내의 열기는 숨이 막힐 정도로 무더웠고, 커다란 태양 같은 불은 노란 불꽃 모양의 꽃잎을 가진 괴물 같은 달리아처럼 타올랐다. 맨 위층 객석에 앉은 젊은이들은 코트와 조끼를 벗어 난간에 걸쳐 놓았다. 그들은 객석의 맞은편에 있는 사람들과 대화를 나누기도 하고, 옆 좌석에 앉은 야한 차림의 아가씨들에게 오렌지를 나눠 주기도 했다. 아래층 객석에 앉아 있던 몇몇 여자들은 소리 내어 웃고 있었다. 그들의 목소리가 지독하게 날카로워 귀에 거슬렸다. 바에서 코르크 마개를 따는 소리가 들리기도 했다.

"바로 이런 곳에서 천사를 발견했단 말이지?"

헨리 경이 말했다.

"예!"

도리언 그레이가 대답했다.

"바로 여기서 그녀를 발견했어요. 그녀는 살아 있는 그 어떤 생명체보다도 성스러워요. 그녀가 연기하는 모습을

보면 모든 것을 다 잊게 될 거예요. 얼굴이 험상궂고 우악
스러운 이 사람들도 그녀가 무대에 나타나기만 하면 완전
히 바뀐답니다. 얌전하게 앉아 그녀의 연기에 따라 울기
도 하고 웃기도 해요. 마치 그녀가 그들을 바이올린처럼
켜는 것 같지요. 그녀가 사람들을 정화시켜서 누구든 같
은 살과 피를 가진 사람이라는 것을 느끼게 만드는 거예
요."

"우리와 똑같은 살과 피를 가진 한 몸이라고 느끼게 된
다고! 오, 난 그건 싫어!"

헨리 경이 오페라 안경으로 맨 위층 객석에 앉아 있는
관객들을 죽 훑어보며 큰 소리로 말했다.

"도리언, 저 친구 하는 말에 신경 쓰지 말게."

화가가 말했다.

"난 자네가 무슨 말을 하는지 이해하네. 그리고 그 아가
씨에 대한 자네의 말도 믿네. 자네가 사랑하는 사람이라
면 분명 아름다울 거야. 자네가 설명한 대로 그런 영향을
미칠 만한 아가씨라면 분명히 멋지고 고상한 여인이겠지.
한 시대를 정화시키는 일, 정말 가치 있는 일이지. 그 아

가씨가 영혼 없이 살아온 이 사람들에게 영혼을 불어넣어 줄 수 있다면, 천박하고 추하게 살아온 사람들에게 미적 감각을 심어줄 수 있다면, 그들의 이기심을 벗겨내고 그들이 자신의 슬픔이 아닌 다른 이유로 눈물을 흘리게 할 수 있다면, 그녀는 자네의 숭배를 받을 자격이 충분하네. 아니, 온 세상의 숭배를 받을 만하지. 자네의 결정은 옳았어. 처음에는 결혼을 반대했지만 지금은 아닐세. 자네를 위해 신들이 시빌 베인을 창조한 모양이군. 그녀가 없으면 자네가 완전해지지 않을 테니."

홀워드가 말했다.

"바질, 고마워요."

도리언 그레이가 바질의 손을 꼭 쥐며 말했다.

"날 이해해 주실 줄 알았어요. 해리는 너무 냉소적이고 날 겁주곤 해요. 자, 이제 오케스트라가 시작되는군요. 정말 형편없는 연주지만 5분만 참으면 끝날 거예요. 그다음에 커튼이 오르면 제 인생을 다 바치려고 하고 저에게 모든 걸 준 여자를 보실 수 있어요."

도리언이 바질의 손을 꼭 잡았다.

약 15분 정도 흐른 뒤에 굉장한 박수갈채와 함께 시빌 베인이 무대에 등장했다. 그랬다. 그녀는 정말 아름다웠다. 헨리 경은 그동안 자신이 본 사람들 중에 가장 사랑스러운 존재라고 생각했다. 그녀의 수줍은 듯하면서도 우아하고 놀란 표정이 담긴 두 눈은 어린 사슴의 놀란 눈을 닮았다. 열광적인 객석과 꽉 들어찬 사람들을 보자 그녀의 뺨에 은빛 거울에 비치는 장미꽃 그림자처럼 엷은 홍조가 피어났다. 그녀는 몇 걸음 뒤로 물러섰고 입술이 파르르 떨리는 것처럼 보였다. 순간 홀워드가 자리에서 벌떡 일어나 박수를 치기 시작했다. 도리언 그레이는 마치 꿈꾸는 사람처럼 그녀를 응시하기만 했다. 헨리 경은 오페라 안경으로 그녀를 보면서 중얼거렸다.

"매력적이군, 너무 매력적이야!"

캐퓰릿 저택의 홀 장면이었는데, 로미오가 순례자 복장으로 머큐시오와 다른 친구들을 데리고 홀로 들어서는 참이었다. 변변치 않은 음악이 흘러나오고 춤이 시작되었다. 남루하고 볼품없는 의상을 걸친 배우들 사이로 시빌 베인이 다른 세상에서 나타난 존재처럼 움직였다. 춤을 추는 동안 그녀는 물속 수초가 물살에 흔들리는 모습처럼 보였다. 하얀 백합 같은 목덜미의 곡선과 상아로 만든 듯 산뜻해 보이는 두 손은 서늘한 느낌마저 주었다.

하지만 이상할 정도로 그녀는 생기가 없었다. 그녀의 눈이 로미오를 볼 때도 전혀 기쁨의 표정이라고는 찾아볼 수 없었다. 몇 마디 대사와 그 뒤로 이어지는 짤막한 대화 에서도 억지로 꾸며낸 듯한 어색한 목소리를 낼 뿐이었 다.

착한 순례자여, 당신의 손을 너무 탓하지 마세요.
이처럼 예의 바르게 신앙심을 보여 주는 손을 말 이에요.
성자들에겐 순례자들이 만지려는 손이 있으니,
손바닥끼리 맞닿으면 성스러운 순례자들의 입맞 춤인 거지요.

이어지는 짧은 대화 역시 아주 부자연스러웠다. 그녀 의 목소리는 아름다웠지만 어조는 매우 부자연스러웠다.

음색도 엉망이었다. 그런 그녀의 음성은 운문의 생명력을 완전히 앗아갔다. 그렇다 보니 열정마저 비현실적으로 느껴졌다.

연기를 지켜보던 도리언 그레이의 얼굴은 하얗게 질렸다. 그는 당황하고 불안해하며 두 친구에게 감히 말을 건넬 엄두도 내지 못했다. 그녀는 그저 무능한 연기자인 것 같았다. 그들은 몹시 실망했다.

하지만 그들은 그녀가 줄리엣 역을 제대로 하는지 공정하게 평가하려면 2막에 나오는 발코니 장면을 봐야 한다고 생각했다. 그들은 기다렸다. 이 장면에서도 실패한다면 더 볼 필요도 없었다.

달빛을 받으며 등장한 그녀는 상당히 매혹적이었다. 그건 부정할 수 없는 사실이었다. 하지만 그녀의 과장된 연기는 차마 봐줄 수 없었고, 연기가 계속될수록 눈 뜨고 볼 수 없을 정도로 더욱더 형편없었다. 몸짓은 아주 부자연스러웠다. 그녀는 모든 대사 하나하나를 몹시 과장해서 표현했다. 그리고 대사는 지나치게 힘이 들어갔다.

그대는 밤의 가면이 내 얼굴을 가리고 있는 걸 아시죠.

가면을 쓰지 않았다면 제 뺨이 소녀의 수줍음으로 빨개졌을 거예요.

오늘 밤 그대가 내 말을 엿들었기 때문이에요.

그녀는 이 아름다운 구절을 마치 이류 화법 선생에게 낭독을 배운 여학생처럼 애써 내뱉는 정확한 발음에만 신경을 쓰면서 낭독했다.

그대에게서 기쁨을 느끼지만

오늘 밤 이 약속은 전혀 기쁘지 않군요.

이건 너무 성급하고, 너무 경솔하고, 너무 갑작스러워요.

이건 마치 '번개가 쳐요.' 하고 말하기도 전에

사라지는 번개와 같죠. 내 사랑, 안녕!

여름날 무르익은 숨결 속에서 자란 이 사랑의 꽃봉오리는

우리가 다시 만날 때는 아름다운 꽃으로 피어나겠
지요.

그녀는 이토록 훌륭한 대사를 발코니에 기대어 아무런
감동도 없이, 마치 자기에게 아무런 의미도 전달되지 않
은 듯이 단어들을 내뱉었다. 불안하거나 초조해 보이지는
않았다. 실제로 그녀는 초조한 것이 아니라 무척 침착했
다. 그저 그녀의 연기 실력이 형편없을 뿐이었다. 그녀는
배우로서 완전한 실패자였다.

1층 뒤쪽 좌석과 맨 위층 관람석의 교육을 받지 못한
천박한 관객들조차 연극에 흥미를 잃었다. 그들은 안절부
절못하더니 큰 소리로 떠들면서 휘파람을 불기 시작했다.
2층 특등석 뒤쪽에 서 있던 극장 지배인도 화가 치미는지
발을 쿵쿵 구르며 욕을 했지만 그녀는 아랑곳하지 않았
다. 그때 냉정한 태도를 잃지 않은 사람은 시빌 자신뿐이
었다.

이 막이 끝나자 빗발치듯 야유가 쏟아졌고, 헨리 경은
자리에서 일어나 코트를 걸쳤다.

"도리언, 정말 아름다운 아가씨야."

그가 말했다.

"하지만 연기는 잘 못하는군. 자, 이만 가지."

"저는 끝까지 보겠어요. 저녁 시간을 헛되이 보내게 해서 정말 죄송합니다, 해리. 두 분께 사과드립니다."

도리언은 냉소적이며 딱딱한 목소리로 말했다.

"도리언, 베인 양이 어디 아픈 것 같군 그래."

홀워드가 말을 가로막았다.

"다른 날 밤에 다시 보러오겠네."

"나도 그녀가 아픈 거라면 좋겠군요."

그가 대답했다.

"하지만 그녀는 그냥 뻣뻣하고 무감각한 사람처럼 보였어요. 완전히 딴 사람이 된 것 같아요. 어젯밤만 해도 그녀는 훌륭하게 연기했는데 오늘 밤에는 그저 평범한 이류 배우에 지나지 않았어요."

"도리언, 누구든 자네가 사랑하는 사람에게 그렇게 말하지 말게. 사랑은 예술보다 더 경이로운 것이거든."

"둘 다 그저 모방의 형식일 뿐이지."

헨리 경이 말을 꺼냈다.

"어쨌거나 지금은 그냥 가죠. 도리언, 당신도 여기 더 있으면 안 돼. 서툰 연기는 사람의 품성에 좋지 않아. 더구나 자네는 아내가 연기하는 것을 원치도 않을 것 같은데. 그러니 그녀가 목각 인형처럼 연기했다고 해서 무슨 상관이 있겠나? 그녀는 상당히 아름다운 여자야. 그녀가 연기만큼 인생도 모른다면 그녀와 사귀어 보는 건 자네에게 매우 즐거운 경험이 될 거야. 정말 매혹적인 사람들은 단 두 부류뿐이거든. 모든 것을 완벽하게 아는 사람과 전혀 모르는 사람. 이보게, 그렇게 비참한 표정 짓지 마! 격에 어울리지 않는 감정을 갖지 않는 것이 젊음을 유지하는 방법이란 말이야. 자, 바질과 함께 클럽에나 가서 담배도 피우고 시빌 베인의 아름다움을 위해 건배도 하자고. 그녀는 아름다운 여자 아닌가? 그 이상 뭘 더 바라나?"

"어서 가세요, 해리."

젊은이가 소리쳤다.

"혼자 있고 싶어요. 바질, 당신도 가세요. 아! 제 가슴이 찢어지는 것을 모르시겠어요?"

227

도리언의 눈에 뜨거운 눈물이 흘렀다. 그의 입술이 떨리더니 객석 뒤로 달려가 얼굴을 두 손에 파묻고 벽에 기대어 섰다.

"바질, 가자고."

헨리 경이 뜻밖에 부드러운 목소리로 말했다. 두 사람은 함께 극장을 나섰다.

잠시 후 조명이 켜지고 막이 오르면서 3막이 시작되었다. 도리언 그레이는 자기 자리로 돌아갔다. 그의 표정은 창백하고 오만하면서 냉담했다. 연극은 질질 오래 끌었다. 끝없이 오래 계속될 것만 같았다. 묵직한 부츠로 바닥을 쿵쿵 구르는 소리와 요란하게 웃음을 터뜨리는 소리가 나는가 싶더니, 관객의 절반이 빠져나갔다. 이번 연극은 완전히 실패였다. 마지막 장을 연기할 때는 객석이 거의 다 비어 있었다. 막이 내려갈 때는 킥킥대는 웃음소리와 불평하는 소리가 들렸다.

연극이 끝나자마자 도리언 그레이는 무대 뒤 분장실로 달려갔다. 그녀는 얼굴에 의기양양한 표정을 가득 보이며 혼자 그곳에 서 있었다. 그녀의 눈은 불길이라도 담긴 듯

격정으로 활활 타올랐다. 그녀의 몸에서 광채가 나는 것
같았고 어떤 비밀을 감추려는 것 같은 미소가 입가에 피
었다.

그가 분장실에 들어서자 그녀는 그를 바라보며 기쁜
듯 미소를 지었다.

"도리언, 저 오늘 밤 제 연기가 정말 형편없었죠?"

그녀가 큰 소리로 말했다.

"끔찍했어요. 말도 못 할 정도였어. 어디 아픈 건가? 연
기가 어땠는지 모르는 모양인데, 내가 얼마나 괴로웠는지
몰라."

그는 어이없는 표정으로 그녀를 바라보며 대답했다.

"도리언."

여자가 미소를 지었다. 아름다운 목소리로 부르는 그의
이름이 음악처럼 길게 이어졌다. 붉은 꽃잎 같은 그녀의
입술은 꿀보다 그의 이름이 꿀보다 더 달콤한 모양이었
다.

"도리언, 당신은 이해할 줄 알았는데. 하지만 지금이라
도 이해해 주시겠죠, 그렇죠?"

"뭘 이해하라는 거죠?"

그가 화를 냈다.

"제가 오늘 밤 왜 연기를 그렇게 못 했는지 말이에요. 앞으로도 언제나 그런 연기를 할 수밖에 없고 다시는 잘 할 수 없는 이유를요."

그는 어깨를 으쓱했다.

"몸이 아픈 거야. 아플 때는 쉬어야지. 괜히 웃음거리가 됐잖아. 내 친구들이 얼마나 지루해했는지 몰라. 나도 마찬가지였고."

그녀는 그의 말을 건성으로 들었다. 그녀는 마냥 즐거워하는 게 완전히 딴 사람으로 변해 있었다. 그녀는 행복감에 도취되어 제정신이 아닌 것 같았다.

"도리언, 도리언."

그녀가 큰 소리로 말했다.

"당신을 알기 전에는 연기가 제 삶의 유일한 현실이었어요. 나는 오직 무대 위에서만 살아 있었어요. 난 그런 삶이 모두 진실인 줄 알았거든요. 어느 날은 로잘린드가 되고 어느 날엔 포셔가 되었어요. 베아트리체의 기쁨

이제 기쁨이 되고 코딜리어의 슬픔이 제 슬픔이었지요. 난 그 모든 걸 다 믿었어요. 저와 함께 연기한 평범한 연기자들이 저에게는 신처럼 느껴졌고 물감으로 그린 무대 배경이 제가 아는 세상이었어요. 인생의 그림자만을 알면서도 그게 진짜라고 생각한 거예요. 그런데 당신이 나타나서, 오, 아름다운 내 사랑! 당신이 저를 감옥에서 구해 냈어요. 당신은 실제 현실이 뭔지를 알려 주었죠. 오늘 밤 난생처음으로 제가 그동안 연기한 아름다운 광경이나 화려함이 얼마나 공허하고 거짓된 것인지, 얼마나 우스운 건지를 깨달았어요. 정말이지 오늘 밤 처음으로 로미오가 화장을 한 추한 늙은이고, 과수원 달빛이 거짓이라는 것을 알았어요. 장면은 또 얼마나 저속한지, 제가 하는 대사도 거짓이고, 제가 하고 싶은 말이 아니라는 것도 알았어요. 당신은 저에게 뭔가 더 고상한 것이 있다는 것, 모든 예술은 단지 그림자에 불과하다는 것을 알려 주었어요. 당신 덕분에 나는 사랑이 진정 어떤 건지를 알았답니다. 나의 사랑! 오, 내 사랑! 백마 탄 왕자님! 내 인생의 왕자님! 저는 이제 그림자는 지긋지긋해요. 당신은 내게 어떤 예술보다 소중한 존재예요. 그러니 제가 연극의 꼭두각시들과 무슨 상관인가요? 오늘 밤 무대에 오르기 전에 저는 모든 게 사라진다면 어떻게 될지 몰랐어요. 그저 훌륭하게 연기를 해낼 수 있을 거라고 생각했어요. 그런데 아무것도 할 수가 없었어요. 모든 것이 갑작스럽게 선명해졌어요. 사람들이 야유하는 소리가 들렸지만 전 미소를 지었답니다. 그들이 우리 사랑을 어떻게 알겠어요? 도리언, 저를 데려가 주세요. 둘만 호젓이 있는 곳으로 데려가 주세요. 이제 무대가 싫어요. 느끼지 못하는 열정을 흉내 내는 거야 하겠지만 이렇게 저를 태우는 감정은 흉내 낼 수가 없어요. 오, 도리언, 도리언, 이제 무슨 말인지 아셨죠? 비록 사랑에 빠진 연기를 한다고 해도 그건 신성 모독인 것 같단 말이에요. 당신은 내게 그것을 깨닫게 해 주었어요."

"당신은 내 사랑을 죽여 버렸어."

도리언은 소파에 털썩 주저앉아 고개를 돌리고 중얼거렸다. 그녀는 깜짝 놀란 표정으로 그를 바라보다가 깔깔대며 웃었다. 그는 아무 반응도 보이지 않았다. 그녀는 그에게 다가가 작은 손가락으로 머리카락을 쓰다듬었다. 그리고 무릎을 꿇고 그의 손을 잡아 입술에 대었다. 하지만 그는 손을 뿌리치고 온몸을 떨더니 벌떡 일어나 문으로 향했다.

"그래요."

그가 소리쳤다.

"당신이 내 사랑을 죽인 거야. 예전에는 당신이 내 상상력을 자극했는데 지금은 호기심도 자극하지 못하는군. 아무렇지도 않아. 내가 당신을 사랑한 건 당신이 뛰어나고, 재능과 지성이 있기 때문이고, 당신이 위대한 시인의 꿈을 실현하고 예술이라는 그림자에 형태와 실체를 만들기 때문이었어요. 그런데 당신이 모든 걸 망쳐 놨어. 당신은 정말 얄팍하고 어리석군! 하느님, 맙소사, 내가 그런 사람을 사랑했다니 미친 거야! 내가 얼마나 멍청했던가. 이제 당신은 나에게 아무런 의미도 없어. 당신을 다시는 만나지 않겠어. 당신을 다시는 생각하지 않겠어. 당신의 이름조차 언급하지 않겠어. 당신이 한때 내게 어떤 존재였는지 당신은 몰라. 오, 한때는……. 아, 생각조차 하기 싫군.

당신에게 눈길을 주는 게 아니었어. 당신은 내 삶의 로맨스를 더럽혔어. 사랑 때문에 당신의 예술이 망가진다고 말한다면 사랑을 모르고 하는 소리야. 당신의 예술이 없다면 당신은 아무것도 아니야. 나는 당신 이름을 빛나게 해 주고 유명한 배우가 되게 해 주고 싶었어. 세상이 당신을 숭배하도록 만들고, 당신은 내 이름을 지닐 수도 있었는데 지금 당신은 누구지? 그냥 예쁘장한 얼굴을 가진 삼류 배우일 뿐이라고."

여자는 얼굴이 하얗게 질리는가 싶더니 온몸을 부들부들 떨었다. 그녀는 두 손을 마주 잡았고 목소리는 마치 목에 걸린 것만 같았다.

"도리언, 진심이 아니죠?"

그녀가 나지막이 말했다.

"연기하고 있는 거죠?"

"연기? 그런 건 당신이나 해야지. 당신은 그런 짓을 잘하니까."

그가 신랄하게 말했다.

그녀는 무릎을 펴고 일어나 고통이 가득한 애처로운

표정을 지으며 방을 가로질러 그에게 다가갔다. 그의 팔에 손을 얹고 그의 눈을 들여다보았다. 순간 그가 그녀를 뒤로 밀어냈다.

"손대지 마!"

그녀는 낮은 신음 소리를 내더니, 그의 발치에 몸을 던지며 짓밟힌 꽃처럼 그 자리에 쓰러졌다.

"도리언, 도리언, 나를 떠나지 말아요."

그녀가 낮은 목소리로 말했다.

"연기를 잘하지 못 해서 정말 미안해요. 줄곧 당신만을 생각하고 있었어요. 하지만 노력할게요. 정말 노력할게요. 당신을 향한 내 사랑이 너무 갑작스레 찾아와서 그래요. 당신이 저에게 입 맞추지 않았다면, 우리가 서로 키스하지 않았다면 저는 사랑을 몰랐을 거예요. 내 사랑, 다시 한 번 키스해 주세요. 내 곁에서 떠나지 말아요. 당신이 내 곁을 떠나면 견딜 수 없을 것 같아요. 제 남동생이……. 아니에요. 신경 쓰지 마세요. 진심으로 한 말은 아닐 거예요. 그저 농담으로…… 아무튼, 아! 오늘 밤의 저를 용서해 줄 수는 없나요? 열심히 공부하고 노력해서 더 잘해 볼게요. 이 세상 무엇보다 당신을 사랑한다고 저에게 가혹하게 대하진 말아 주세요. 생각해 보면 제가 당신에게 기쁨을 주지 못한 건 이번 한 번뿐이잖아요. 당신 말이 맞아요. 도리언, 제가 더 예술가다웠어야 해요. 제가 멍청했어요. 하지만 어쩔 수 없었어요. 제발 날 떠나지 마세요. 저를 버리지 마세요."

그녀는 한바탕 흐느껴 울었다. 격정에 휩싸여 그녀는 목이 멘 듯했다. 그녀는 상처 입은 짐승처럼 바닥에 웅크렸고, 도리언 그레이는 아름다운 눈으로 그녀를 내려다보았다. 조각처럼 아름다운 입술이 경멸감으로 묘하게 일그러졌다. 사람들은 더는 사랑하지 않는 사람이 보이는 감정에 대해 우습게 여기는 경향이 있다. 그도 시빌 베인의 신파적인 행동이 우습다고 느꼈다. 그녀의 눈물과 흐느낌은 그를 짜증나게 만들 뿐이었다.

"이만 가겠어."

마침내 그가 침착하고 또렷한 목소리로 말했다.

"매정하게 굴고 싶진 않지만 다시는 당신을 만나지 않을 거야. 당신은 나를 실망시켰어."

그녀는 소리 없이 울면서 아무런 대답도 하지 않았다. 그를 향해 기어갈 뿐이었다. 그를 찾는 듯 작은 두 손을 내밀었지만 그는 뒤돌아 방에서 나가버렸다. 잠시 후 그는 극장을 나왔다.

그는 자신이 어디로 가는지도 몰랐다. 어두운 그림자가 음산한 아치 길과 불길해 보이는 주택들을 지나 희미하게 불이 켜진 거리를 방황한 기억만 났다. 역겨운 웃음을 짓던 여자들이 뒤에서 쉰 목소리로 그를 부르며 쫓아왔고 술에 취한 흉측한 원숭이 같은 사람들은 혼자 욕설을 퍼붓고 무슨 말인가 중얼대면서 그의 곁을 비틀거리며 지나갔다. 그는 괴상해 보이는 아이들이 주택 현관에 옹기종기 모여 앉아 있는 것을 보았고, 어둠에 잠긴 안뜰에서 들려오는 비명 소리와 욕지거리를 들었다.

날이 밝을 무렵 그는 코벤트 가든 근처에 와 있다는 것을 알게 되었다. 어둠이 걷히면서 희미한 불꽃 같던 하늘이 완전한 구멍을 뚫은 것처럼 진주빛으로 밝아 왔다. 고개를 흔드는 백합꽃을 가득 실은 커다란 짐마차가 말끔한 거리를 덜커덩대며 굴러가고 있었다. 공기 중에 떠도는 진한 꽃향기와 아름다운 꽃들이 도리언의 괴로운 심정을 다소 진정시켜주는 것 같았다. 그는 수레를 따라 시장 안으로 들어가서 사람들이 짐 내리는 걸 지켜보았다. 흰 작업복을 입은 짐꾼이 그에게 버찌 몇 개를 건넸다. 그가 고맙다며 값을 치르려 했지만 받지 않자 궁금해 하면서 힘없이 버찌를 먹기 시작했다. 한밤중에 수확한 버찌에서 달빛의 서늘함이 느껴졌다.

줄무늬가 있는 튤립과 노랗고 빨간 장미를 담은 상자를 나르는 소년들이 긴 줄을 이루며 그의 앞을 지나 거대한 비취색 채소 더미들 사이를 지나갔다. 햇볕에 바랜 회색 기둥이 있는 어느 건물 현관 아래에는 모자도 쓰지 않은 채 경매가 끝나기를 기다리는 남루한 옷차림의 소녀들이 무리 지어 서성대고 있었다. 시장 안 다방의 회전문 주변에도 사람들이 몰려 있었다. 무거운 짐마차를 끄는 말들은 울퉁불퉁한 돌길 위에서 미끄러지며 버둥댔으며, 그 탓에 종과 마구가 마구 흔들렸다. 몇몇 마부들은 쌓아 놓은 자루 위에서 잠을 자기도 했다. 무지개색 목과 분홍색 발을 가진 비둘기들이 씨앗을 쪼아 대며 여기저기로 몰려다녔다.

잠시 후 그는 손을 들어 이륜 마차를 세우고 집으로 향했다. 집에 도착하자 잠시 현관 층계에 서서 무미건조하게 꽉 닫힌 창과 요란한 빛깔의 블라인드가 쳐진 주택가를 둘러보았다. 이제 티 하나 없는 유리 같은 하늘 아래 주택 지붕들이 은색으로 반짝반짝 빛났다. 맞은편 굴뚝에서는 가느다란 연기가 피어올라 진주빛 허공을 뚫고 오랑캐꽃 리본처럼 하늘을 휘감고 솟아올랐다.

참나무 판자로 마감한 커다란 현관 입구의 천장에는 도금을 한 큼직한 베네치아 등잔이 타오르고 있었다. 베네치아 공화국 총독의 바지선에서 빼 온 전리품으로, 깜박이는 세 개의 구멍에서 간밤의 열기가 아직도 타오르는 중이었다. 가장자리에 서는 하얀 불꽃이 테두리를 두른 듯했고 가운데 푸른 불길은 파란 꽃잎처럼 보였다.

그는 등잔불을 끄고 모자와 망토를 탁자 위에 벗어 던진 뒤 서재를 지나 침실로 향했다. 1층에 있는 침실은 커다란 팔각형으로, 새롭게 생긴 그의 호사스러운 취향에 따라 직접 장식을 하고 셸비 로열의 빈 다락방에서 찾아낸 귀한 르네상스 시대의 기묘한 태피스트리 몇 점을 걸어 놓았다. 침실 문을 열던 그의 눈에 바질 홀워드가 그린 자신의 초상화가 보였다. 순간 놀라서 뒤로 물러섰다가 당혹스러운 표정으로 방 안에 들어섰다. 코트 단추를 풀고 잠시 머뭇거리다가 마침내 다시 그림 앞으로 다가가 자세히 들여다보았다. 크림색 비단으로 만든 블라인드가 햇빛을 가려 희미한 불빛밖에 없었지만 초상화의 얼굴이 약간 변한 듯 보였다. 표정이 달라져 보였는데 다른 사람이 봤다면 입가에 왠지 모를 잔인함이 보인다고 할 것 같았다. 확실히 이상해져 있었다.

그는 뒤돌아 창가로 가서 블라인드를 걷어 올렸다. 환한 새벽빛이 홍수처럼 강하게 밀려들어 오면서 방 안에 머물고 있던 몽환적인 어둠을 먼지 날리는 구석으로 쫓아 파르르 떨게 만들었다. 하지만 그가 초상화에 그려진 얼굴에서 느낀 그 이상한 표정은 그대로였다. 오히려 더욱 또렷해진 것만 같았다. 흔들리는 강렬한 햇살은 초상화의 입매에 감도는 잔인성을 아주 또렷하게 비추었다. 마치 어떤 끔찍한 일을 저지른 뒤에 거울 속에서 자신의 얼굴을 보는 것 같았다.

　그는 움찔하더니 탁자 위에서 헨리 경이 준 많은 선물 중 하나인, 상아로 조각한 큐피드로 테두리를 장식한 타원형 거울을 탁자에서 집어 들어 윤이 나는 거울 속을 들여다보았다. 자신의 붉은 입술엔 초상화처럼 잔인한 선들이 보이지 않았다. 이것은 대체 무슨 의미일까?

　그는 눈을 비비고 그림에 다가가 다시 살펴보았다. 실제 그림을 들여다볼 때, 아무런 변화도 느낄 수 없었지만 전체적인 표정이 바뀐 것은 확실했다. 단순히 자신만의 환상을 보는 것이 아니었다. 무서운 일이지만 초상화가 변한 것은 명백한 사실이었다.

　그는 의자에 털썩 주저앉아 생각에 잠겼다. 초상화가 완성되던 날, 바질 홀워드의 화실에서 자신이 했던 말이 불현듯 떠올랐다. 그는 그때 자기가 했던 말을 확실히 기억했다. 자신은 젊음을 그대로 유지하고 초상화가 대신 늙어 갔으면 좋겠다고 했었다. 말도 안 되는 소망이었다. 화폭에 그려진 초상화가 그의 욕망과 죄의 무게를 대신 지게 하는 것이었고, 고통과 많은 생각으로 생긴 주름을 대신 떠안게 하려는 것이었으며, 자신은 자의식이 강한 청년의 섬세한 청순함과 아름다움을 그대로 간직하겠다는 소망이었다. 그런 소망이 실현될 가능성은 없지 않은가? 그런 일은 불가능했다. 생각하는 것조차 말이 안 되는 일이었다. 그런데 지금 그의 앞에 있는 초상화는 입가에 잔인한 표정을 띠고 있었다.

잔인함! 자신이 잔인했단 말인가? 그건 그녀의 잘못이었다. 그는 그녀가 위대한 예술가가 되기를 꿈꾸었고, 그녀가 위대하다는 생각으로 사랑을 주었던 것이다. 그런데 그녀가 그를 실망시켰다. 그녀는 천박하고 아무짝에도 쓸모없는 여자였다. 하지만 그의 발 앞에 쓰러져 어린애처럼 흐느껴 울던 모습을 떠올리니 일종의 후회감 같은 것이 밀려왔다. 그는 자신이 얼마나 차갑게 그녀를 바라보았는지 머릿속에 떠올렸다. 그는 무슨 이유로 그런 짓을 했을까? 어째서 그런 감정이 생긴 것일까? 하지만 그도 괴롭기는 마찬가지였다. 연극이 진행되는 세 시간이 얼마나 끔찍했던지 그는 몇 세기를 고통 속에 살고 또 영겁의 세월 동안 고문을 받은 것처럼 느껴졌다. 그의 인생도 그녀의 인생만큼 소중했다. 그가 그녀에게 한평생 이어질 상처를 준 것이라면 그녀도 한순간에 그의 삶을 망친 것이다. 남자보다는 여자들이 슬픔을 더욱 잘 견디는 법이다. 여자는 감정에 충실하게 살기 때문에 오로지 자신들의 내면만을 생각한다. 그들은 연인을 사귀는 것도 성관계를 가질 누군가를 소유하게 됐다는 것에 불과했다. 바로 헨리 경이 그에게 했던 말이다. 그는 여자에 대해 잘 알았다. 그렇다면 그가 시빌 베인 때문에 괴로워할 일은 필요는 없다. 이제 그에게 그녀는 아무런 의미도 없지 않은가.

하지만 저 초상화는? 저것은 어떻게 설명해야 할까? 초상화는 그의 인생의 비밀을 갖고 있고 그의 이야기를 들려주었다. 그에게 자신의 아름다움을 사랑하라고 가르쳐 주었다. 그런데 저 그림이 자신의 영혼을 미워하라고 가르치는 것이라면? 초상화를 다시 보고 싶어질 일이 있을까? 아니다. 그것은 혼란스러운 감각으로 생긴 환상에 불과하다. 그가 겪었던 무서운 밤이 환영으로 남은 것이다. 갑자기 사람들을 미치게 만든다는 그 주홍색 작은 점이 그의 뇌에 달라붙은 것인지도 몰랐다. 초상화는 역시 변한 데가 없었다. 그림이 변했다고 생각하다니. 정말 어리석다.

그런데 초상화는 아름답긴 하지만 어딘가 왜곡된 얼굴에 잔인한 미소를 지으며 그를 지켜보고 있었다. 그 빛나는 머리카락이 새벽 햇빛을 받아 반짝거렸다. 그의 푸른 눈이 초상화의 눈과 마주쳤다. 자기 자신이 아닌 초상화의 이미지를 향해서 한없는 연민의 감정이 엄습했다. 초상화는 이미 변했고 앞으로도 계속 변할 것이다.

저 금발은 잿빛으로 시들어 버릴 테고, 저 가슴에 꽂힌 붉고 하얀 장미도 시들어 죽고 말 것이다. 그가 죄를 지을 때마다 더러운 얼룩이 생겨 아름다운 얼굴이 망가질 것이다. 그렇다면 죄를 짓지 않겠다고 그는 생각했다. 변하든 변하지 않든 그에게는 양심을 나타내는 상징이 될 것이다. 자신은 유혹을 뿌리치고, 헨리 경도 다시 만나지 않기로 했다. 바질 홀워드의 정원에서 처음으로 불가능한 것을 꿈꾸게 만든 헨리 경의 교활하고 불쾌한 이론들을 무슨 일이 있어도 귀담아듣지 않을 것이다.

시빌 베인에게 돌아가 그녀를 바로 잡아 결혼도 하고 다시 사랑하도록 노력하겠다고 생각했다. 그게 바로 그의 의무였다. 그녀는 그보다 더 괴로워하고 있을 텐데, 아, 불쌍한 소녀! 그녀에게 자신이 너무 이기적이었고 너무 잔인했다. 그녀가 보여 준 매력이 다시 돌아오도록 만들어야 한다. 그들은 함께 행복하게 지낼 것이며, 그녀와 함께하는 그의 인생 또한 아름답고 순수할 것이다.

그는 의자에서 일어나 초상화를 힐끗 보고 몸서리를 쳤다. 그는 얼른 초상화 앞에 커다란 병풍을 쳤다.

"정말 소름 끼치는군."

혼자 중얼거리며 창가로 다가가 창문을 열었다. 그리고 잔디밭으로 나가 깊게 숨을 쉬었다. 시원한 아침 공기를 맡자 우울한 열정을 모두 몰아내는 것 같았다. 그는 시빌만을 생각했다. 사랑의 작은 메아리가 희미하게 다시 돌아왔다. 그녀의 이름을 불러 보았다. 몇 번이고 불렀다. 이슬에 흠뻑 젖은 정원에서 노래하는 새들이 마치 꽃들에게 그녀에 관해 들려주고 있는 듯했다.

제8장

비극과 극복

그는 정오가 한참 지나서야 잠에서 깼다. 하인은 그가 깼는지 보려고 몇 번이나 발소리를 죽이며 방 안에 들어와 보고는, 젊은 주인이 어쩐 일로 이렇게 늦잠을 자는지 궁금해 했다. 마침내 그가 종을 울리자 빅터는 찻잔과 편지 꾸러미를 오래된 작은 세브르 자기 쟁반에 받쳐 들고 조심스럽게 침실로 들어와서는, 세 개의 높은 창에 드리워진 반짝이는 푸른색 안감의 오렌지색 새틴 커튼을 걷었다.

"오늘 아침은 푹 주무셨군요."

빅터가 미소를 지으며 말했다.

"빅터, 지금 몇 시지?"

잠이 덜 깬 목소리로 도리언 그레이가 물었다.

"1시 15분입니다."

벌써 시간이 이렇게 됐나! 그는 자리에서 일어나 차를 몇 모금 마시고 편지를 들춰 보았다. 하나는 인편에 전달된 것으로 헨리 경이 보낸 것이었다. 그는 잠시 망설이다가 그 편지를 한쪽으로 밀어냈다. 그러고는 나머지 것들은 대충 훑어보았다. 평소와 다름없는 일반적인 엽서들, 만찬 초대장, 미술품 초대전 티켓, 자선 콘서트 프로그램 등등 사교철이면 매일 아침 상류층 젊은이들에게 소나기 퍼붓듯 엄청나게 보내지는 편지들이었다.

두툼한 상품 목록도 있었는데 무늬가 양각된, 루이 15세가 쓰던 은제 화장도구 한 벌에 해당하는 고액의 청구서도 끼어 있었다. 사실 그는 자기 후견인들에게 청구서를 보낼 용기가 없었다. 후견인들은 너무 구식이라 쓸모없어 보이는 것들이 유일한 필수품이라는 것을 모르기 때문이었다. 저민 가의 고리대금업자들이 보낸 '언제든 연락만 하시면 액수에 상관없이 가장 합리적인 이자로 돈을 대출하겠다.'는 정중한 안내장도 있었다.

10분 정도 후에 그는 자리에서 일어나 비단으로 수놓아 정성 들여 만든 캐시미어 실내복을 입고 얼룩 마노를 깐 욕실로 들어섰다. 긴 잠을 잔 뒤라 차가운 물이 기분을 상쾌하게 해주었다. 그는 지난밤에 겪은 일들을 모두 잊어버린 것만 같았다. 어떤 이상한 비극적인 일에 자신이 가담한 것 같은 느낌이 한두 번 들었지만 꿈을 꾼 듯 현실적이지 않은 느낌이었다.

　그는 옷을 갖춰 입자마자 서재에 들어가 열린 창문 가까이 놓인 조그만 둥근 원탁 앞에 앉았다. 탁자 위에는 그를 위해 차려진 가벼운 프랑스식 아침 식사가 놓여 있었다. 날씨가 정말 좋았다. 따스한 공기가 향기를 잔뜩 머금어 가져다주었다. 벌 한 마리가 들어와 푸른 단지에 꽂힌 유황색 장미 주위를 윙윙거리며 날았다. 그는 아주 행복했다.

　갑자기 눈길이 초상화 앞에 놓인 병풍에 머물렀을 때 그는 소스라치게 놀랐다.

　"추우세요, 도련님? 창문을 닫을까요?"

　하인이 탁자에 오믈렛을 내려놓으며 물었다.

"춥지 않아."

도리언은 머리를 내저으며 중얼거렸다.

그게 모두 사실이었단 말인가? 초상화가 정말로 변했단 말인가? 기쁜 표정이 사악한 표정으로 바뀐 듯 보인 것은 단순한 상상이 아니었을까? 그림을 그린 캔버스가 변할 리는 없고. 초상화가 변했다는 것은 말도 안 되는 일이었다. 언젠가 바질에게 들려줄 이야깃거리나 될 테고, 바질은 그냥 웃고 말 것이다.

하지만 그 일에 대한 기억이 아직도 생생하지 않은가! 처음에는 어둠이 채 가시지 않은 여명 속에서, 그다음에는 밝은 햇빛 속에서 비뚤어진 그는 입술 주변에 나타나는 잔인한 표정을 분명히 보지 않았던가! 그는 하인이 방을 나갈까 봐 겁이 나기까지 했다. 그가 혼자 남게 되면 틀림없이 초상화를 살펴볼 것이 분명했다. 지금 느끼는 자신의 생각이 실제로 판명되지 않을까 두려웠다. 하인이 커피와 담배를 가져온 뒤, 돌아섰을 때 도리언은 그에게 방에 머물러 있어 달라고 말하고 싶은 마음이 간절했다. 그가 문을 닫고 나가려는 순간 그는 하인을 다시 불렀다.

"빅터, 누가 오든 나는 집에 없다고 해 주게."

그가 한숨을 쉬며 말했다. 하인은 고개를 숙여 인사하고 방에서 나갔다.

식탁 앞에서 일어선 도리언은 담배에 불을 붙였다. 그리고 초상화를 가린 장막 맞은편에 놓여 있는, 호화로운 쿠션들이 있는 소파에 털썩 주저앉았다. 꽤 오래된 장막은 금박을 입힌 스페인산 가죽으로 루이 14세풍의 다소 화려한 문장이 찍히고 수놓아져 있었다. 그는 호기심 어린 눈빛으로 장막을 유심히 바라보면서 혹시 과거에도 그것이 어느 한 인간이 지닌 삶의 비밀을 감춘 적이 있을까 하는 의구심을 품었다.

결국엔 이걸 치워야 할까? 그냥 놔두면 안 되나? 초상화의 진실을 알아봤자 어쩌겠는가? 만일 그것이 사실이라면, 끔찍한 일일 테지. 사실이 아니라면, 신경 쓸 필요가 없다. 그렇지만 어떤 운명에 이끌려, 아니면 치명적인 우연에 의해 누군가 뒤에서 훔쳐보고 그 변화를 알게 된다면 어쩌지? 만일 바질 홀워드가 찾아와서 자신이 그린 그림을 좀 보자고 하면 어쩌지? 바질이라면 그러고도 남을 사람이다. 아니다, 당장 살펴봐야 한다. 이렇게 끔찍한 의혹에 시달리느니, 뭐라도 하는 게 훨씬 나을 거야.

그는 일어나서 양쪽의 방문을 다 잠갔다. 수치스러운 가면을 볼 때는 혼자 있어야 할 것이다. 이윽고 그는 장막을 옆으로 밀어내고 초상화와 직접 대면했다. 그것은 사실이었다. 초상화는 변해 있었다.

이후 그가 가끔 적지 않게 놀라며 떠올린 것처럼, 처음에는 늘 과학적인 관심을 가지고 초상화를 바라보았다. 그런 변화가 생긴다는 일 자체를 믿을 수 없었다. 하지만 사실이었다. 캔버스에 형태와 색으로 구성된 화학 원자와 자신의 영혼 사이에는 어떤 묘한 친화력이라도 있는 것일까? 자신이 생각하는 바를 실제로 구현하는 일을 원자들이 할 수 있는 것일까? 과연 영혼이 꾼 꿈들을 그 원자들이 현실화할 수 있단 말인가? 아니면 어떤 더 무시무시한 다른 이유가 있는 것은 아닐까? 그는 오싹한 느낌이 들고 겁이 났다. 다시 긴 의자에 누워 진저리칠 듯한 공포 속에서 그림을 노려보았다.

하지만 그는 초상화가 자신에게 도움이 되기도 했음

을 생각했다. 초상화가 변하는 것을 보며 자신이 시빌 베인에게 얼마나 잔인하고 부당한 일을 했는지 깨달은 것이다. 그 보상을 하는 것은 아직 늦지 않았다. 그녀는 여전히 그의 아내가 될 수 있을 것이다. 비현실적이고 이기적이었던 사랑은 숭고한 영향을 받아 고귀한 열정으로 바뀐다. 누군가에게는 신성한 것이, 또 어떤 이에게는 양심이, 우리 모두에게는 하느님에 대한 두려움이 그렇듯 바질 홀워드가 그린 저 초상화는 평생토록 그의 안내자가 되어 그를 이끌어 줄 것이다. 양심의 가책을 누그러뜨리는 아편, 도덕관념을 잠재우는 마약도 있다. 하지만 타락한 죄를 나타내는 눈에 보이는 상징이 여기 있다. 인간이 자신의 영혼에 끼친 파멸의 흔적이 초상화에 영원히 남게 될 것이다.

시계 바늘은 3시를 지나 4시를 알렸고, 이어 30분이 더 지났다. 하지만 도리언 그레이는 꼼짝도 하지 않았다. 그는 인생의 주황색 실타래를 모아 무늬를 짜느라 애쓰고 있었다. 그는 자신이 헤매던 피처럼 붉은 열정의 미로에서 빠져나갈 길을 찾으려 애쓰고 있었다. 하지만 무엇을 해야 할지, 무슨 생각을 해야 할지 몰랐다. 마침내 그는 탁자 앞으로 가서 자신이 사랑했던 그녀에게 정열적으로 편지를 쓰기 시작했다. 용서해 달라고 애원하고 자신을 자책하는 편지였다. 그는 편지 한 장 한 장에 강렬한 슬픔과 고통스러운 마음을 표현했다. 자책을 할 때 사람들은 일종의 쾌락을 느끼게 된다. 우리는 스스로 비난할 때 다른 사람은 비난할 권리가 없다고 느낀다. 우리에게 죄를 면제해 주는 것은 사제가 아니라 고백이라고 생각하는 것이다. 도리언은 편지를 마무리하자 용서를 받은 것 같았다.

그때 노크 소리가 들렸고, 이어 밖에서 헨리 경의 목소리가 들려왔다.

"여보게, 친구, 자넬 봐야겠어. 당장 문을 열게. 이렇게 방 안에 틀어박혀 있는 꼴을 더 이상 못 보겠어."

그는 처음에는 아무런 대답도 하지 않고 가만히 있었다. 노크 소리는 점점 더 커졌다.

'그래, 헨리 경을 들어오게 해서 앞으로 살아갈 새로운 삶을 말해 주는 편이 낫겠다. 필요하면 언쟁도 하고 만약

불가피하게 결별을 해야 한다면 어쩔 수 없지.'

그는 자리에서 벌떡 일어나 서둘러 초상화를 장막으로 가리고 문을 열었다.

"도리언, 모든 게 너무 미안하네."

헨리 경이 방 안으로 들어서면서 말했다.

"하지만 그 일을 너무 깊이 생각할 필요는 없어."

"시빌 베인에 대해서 말하는 건가요?"

"그야 물론이지."

헨리 경이 의자에 털썩 주저앉아 노란색 장갑을 천천히 벗으며 말했다.

"한편으로 끔찍한 일이긴 하지만, 자네의 잘못은 아니었어. 자, 말해 보게. 연극이 끝난 후에 무대 뒤로 가서 그녀를 만났나?"

"네."

"그럴 줄 알았어. 그래, 그녀와 한바탕 난리를 피웠겠군?"

"제가 너무 잔인하게 대했어요. 해리, 하지만 이제 괜찮아요. 지난 일에 대해선 유감스럽게 생각하지 않아요. 오히려 그 일 때문에 저 자신을 더 잘 알게 됐어요."

"아, 도리언, 자네가 그렇게 받아들여 줘서 무척 기쁘
군! 나는 자네가 죄책감으로 그 아름다운 고수머리를 쥐
어뜯고 있는 것은 아닌지 걱정했거든."

"이젠 다 정리했어요."

도리언이 미소 띤 얼굴로 머리를 가로저었다.

"전 지금 더없이 행복해요. 무엇보다도 전 양심이 뭔지
알게 되었어요. 물론 당신이 저에게 들려준 것과는 달라
요. 양심은 우리 내면에 있는 가장 신성한 것이죠. 해리,
더 이상 양심에 대해서 비웃지 마세요. 적어도 제 앞에서
는요. 저는 착하게 살고 싶어요. 제 영혼이 끔찍하게 되는
것을 생각하면 견딜 수가 없어요."

"윤리에 대한 아주 매력적인 예술적 근거로군. 도리언,
그런 통찰력을 얻은 걸 축하하네. 그런데 어떻게 시작할
작정인가?"

"시빌 베인과 결혼부터 할 겁니다."

"시빌 베인과 결혼을 한다고!"

헨리 경이 벌떡 일어나며 소리를 질렀다. 당혹스러운

표정으로 그를 바라보았다.

"하지만 이보게 도리언……"

"해리, 알아요. 당신이 무슨 말을 하실 건지 잘 알고 있어요. 결혼에 관한 기분 나쁜 말들이겠죠. 부디 그런 말씀은 하지 마세요. 다시는 그런 말들은 하지 마세요. 난 이틀 전에 시빌에게 결혼하자고 했어요. 그녀에게 했던 약속을 깨뜨리고 싶지 않아요. 그녀는 제 아내가 될 거예요."

"자네의 아내가 되다니! 도리언……. 내가 보낸 편지 못 받았나? 오늘 아침에 우리 집 하인을 시켜서 직접 보냈는데."

"당신 편지요? 아, 예. 기억나요. 아직 못 읽어 봤어요. 해리, 혹시라도 그 안에 제가 싫어하는 내용이 있을까 봐 안 읽었어요. 당신은 짧은 문장으로 인생을 조각내는 데는 선수잖아요."

"그럼 자네는 아무것도 모르겠군?"

"무슨 말씀을 하시는 거지요?"

헨리 경은 도리언 곁으로 다가가서 앉아 도리언 곁에

앉아 그의 손을 꼭 쥐었다.

"도리언, 그 편지는······ "

그가 말했다.

"놀라지 말게······. 내 편지는 시빌 베인이 죽었다는 소식을 전하는 거였네."

젊은이의 입에서 고통스런 외마디 비명이 터져 나왔고, 그는 이내 헨리 경의 손을 뿌리치고 자리에서 벌떡 일어섰다.

"죽었다니요! 시빌이 죽다니! 사실이 아니에요. 끔찍한 거짓말이야, 어떻게 그런 말을 할 수 있어요?"

"도리언, 분명한 사실이네."

헨리 경이 진지한 목소리로 말했다.

"조간신문마다 온통 그 기사가 실렸네. 그래서 내가 여기 올 때까지 누구도 만나지 말라는 당부를 하려고 편지를 썼네. 사건 조사가 당연히 있을 텐데 자네가 휘말리면 안 될 것 같아서 말이야. 파리에서 그런 일이 벌어지면 유명한 사람이 되지만, 여기 런던은 편견이 심해서 그런 스캔들로 사교계에 첫발을 들여서는 안 돼. 추문은 나이든

다음에 즐겨도 좋아. 극장 사람들은 당신 이름을 모를 테지? 그렇다면 잘된 일이야. 당신이 그녀의 분장실에 자네가 들어가는 것을 본 사람이 있나? 그게 중요한 문제일세."

도리언은 잠시 아무런 대답도 하지 않았다. 그는 공포와 두려움으로 멍한 상태였다.

"해리, 사건 조사라고 하셨나요? 그게 무슨 뜻이죠? 혹시 시빌이, 오 해리, 견딜 수가 없어요. 제발 빨리 말씀해 주세요."

마침내 그가 억누른 목소리로 더듬거리며 말했다.

"도리언, 그건 사고가 아닐 거야. 물론 사람들에게는 그렇게 말하겠지만. 아마 그녀는 이랬을 거야. 12시 반쯤 자기 어머니와 극장을 나서다가 위층에 뭔가를 두고 왔다고 말한 것 같아. 그래서 기다렸는데 한참이 지나도 그녀가 나오지를 않아서 사람들이 올라가 봤더니 분장실 바닥에 쓰러져 있었다고 하더군. 그녀가 뭔가를 삼켰다고 하던데 극장에서 사용하는 독극물일 테지. 청산가린지 아니면 백연이었겠지. 즉사한 걸로 보아 아마 청산가리였던 것 같아."

"해리, 해리, 그런 끔찍한 일이!"

도리언이 울부짖었다.

"맞아. 엄청난 비극이지. 하지만 당신은 이 일에 말려들지 말아야 하네. 《스탠더드》지에서 봤더니 그 아가씨 열일곱 살이라더군. 난 그보다 어린 줄 알았어. 아주 어려보이는 데다 연기에 대한 지식도 별로 없는 것 같았거든. 도리언, 자네, 이 일로 신경이 예민해질 필요는 없어. 자, 나와 함께 가서 만찬을 즐기고, 그런 다음에는 오페라를 보러 가세. 오늘 밤에 패티의 공연이 있어. 아마 모두들 그곳에 올 거야. 자넨 내 여동생의 특별관람석에 앉으면 돼. 그 애가 멋진 여자들도 몇 명 데리고 올 거야."

"제가 시빌 베인을 죽였군요."

도리언이 혼잣말처럼 중얼거렸다.

"제가 그녀를 죽인 거예요. 마치 그녀의 가냘픈 목을 칼로 그은 것처럼요. 그런 일이 벌어졌는데도 장미는 여전히 아름답고 우리 집 정원에서는 새들도 여전히 즐거운 듯 노래하는군요. 그리고 오늘 밤에 저는 당신하고 저녁도 먹고 오페라도 보고 그다음엔 어느 술집에선가 술이라도 한잔 마시게 되겠지요. 아, 인생이란 것이 이 얼마나 극적인가요! 해리, 이 모든 일을 책에서 읽었다면 난 아마 읽다가 눈물을 흘렸겠지요. 그런데 실제로 일어난 일이라니 너무 놀라서 눈물도 안 나와요. 보세요. 제가 생전 처음으로 쓴 사랑의 편지랍니다. 저의 열정이 담긴 이 편지가 죽은 여자에게 보내려고 쓴 거라니! 참으로 기막힌 운명이군요. 우리가 죽은 사람이라고 부르는 말 없는 창백한 영혼도 듣고 느낄 수 있을까요? 시빌, 그녀가 우리의 말을 듣고 우리를 알아볼까요? 오, 해리, 내가 한때 그녀를 얼마나 사랑했었는지! 이젠 그녀를 사랑했던 때가 몇 년은 지난 것처럼 느껴져요. 그녀는 저의 모든 것이었어요. 그런데 그 끔찍한 밤이 오고 말았어요. 그게 정말 어젯밤 일인가요? 어젯밤 그녀의 연기는 너무나 형편없었어요. 그것 때문에 난 가슴이 찢어지는 것처럼 아팠어요. 그녀는 자신의 연기가 엉망이었던 이유를 설명해 주었어요. 몹시 애처로웠어요. 하지만 내 마음을 조금도 움직이지 못했지요. 나는 그녀가 천박하다고만 생각했어요. 그런데 갑자기 나를 두렵게 만드는 일이 일어난 거예요. 무슨 일인지 말해드릴 수 없지만 정말 소름끼치는 일이었어요. 내가 잘못했다는 생각이 들었고 난 다시 그녀에게 돌아가야겠다는 생각을 했지요. 그런데 그녀가 죽었다니, 오, 맙소사! 해리, 이제 어떻게 해야 하는 건가요? 당신은 내가 위험에 빠진 것을 모르시죠? 그 무엇도 나를 바로잡아 줄 수 없다는 것을 몰라요. 그녀라면 나를 잡아 줬을 텐데. 그녀는 자살할 권리가 없어요. 자살은 이기적인 겁니다."

"여보게, 도리언."

헨리 경이 담뱃갑에서 담배 한 개비를 꺼냈고, 도금된 성냥갑을 꺼내며 말했다.

"여자가 한 남자를 변화시킬 수 있는 유일한 방법은 남자를 완전히 따분한 인간으로 만들어서 인생에 대한 모든 흥미를 잃게 하는 거지. 그 소녀와 결혼했다면 자네는 비참해졌을 거야. 물론 자네는 그녀를 자상하게 대하겠지. 사람이란 관심이 가는 대상이 아닐 땐 언제나 친절하기 마련이니까. 하지만 당신이 그녀에게 별 관심이 없다는 것을 그녀는 금방 알아챘을 거야. 남편이 그렇다는 걸 알아채면 여자들은 굉장히 촌스러워지거나 다른 여자의 남편이 사준 게 분명한 멋진 모자를 쓰고 다닌다네. 사교계에서 어떤 물의를 빚을지는 얘기하지 않겠네. 그런 일은 비참한 결과를 가져올 뿐이야. 물론 나는 그런 물의를 용납하지 않을 테지만 어쨌든 분명히 말하는데, 모든 일이 완전히 실패로 끝났을 거라는 얘기네."

"그랬을 테죠."

젊은이가 방 안을 왔다 갔다 하며 무서울 정도로 창백한 얼굴로 투덜댔다.

"그래도 그게 내 의무라고 생각했어요. 하지만 결국엔 끔찍한 비극이 일어나서 옳은 일을 하지도 못한 건 제 잘못은 아니지요. 당신이 했던 말이 기억나네요. 선한 결심에는 운명적인 불운이 깃들고, 또 선한 결심은 항상 너무 늦게 이루어진다고 하셨죠. 제 경우가 바로 그렇군요."

"선한 결심은 과학적인 법칙과 충돌하는 쓸모없는 시도지. 그런 결심은 순전히 허영심에서 나오는 거야. 결과도 당연히 아무것도 없고. 그런 결심은 사치스럽고 메마른 감동을 심어 줘서 가끔 나약한 사람들을 매혹시키기도 하는 거야. 좋은 점은 이게 전부야. 그런 결심은 마치 계좌도 없는 은행에서 발급 받은 수표일 뿐이야."

"해리, 왜 이 비극이 그다지 슬프지 않을까요? 내가 냉혹한 사람이라고 생각해 본 적은 없는데요. 안 그래요?"

도리언 그레이가 헨리 경 곁에 앉으며 외쳤다.

"도리언, 당신이 2주 동안 벌인 어리석은 짓을 보면 자신을 냉혹한 사람으로 부르긴 어려워."

헨리 경이 다정하면서도 우울한 미소를 지었다. 도리언은 눈살을 찌푸렸다.

"해리, 그런 식으로 해석하는 건 마음에 안 들어요. 하지만 냉혹하다고 생각하지 않으시니 다행이에요. 나는 그런 사람이 아니거든요. 그런 사람이 아니라는 것을 알아요. 그렇지만 나는 이번에 일어난 일이 내게 별 영향을 주지 않았다는 건 인정해야겠네요. 당연히 큰 영향을 줘야 하는 거잖아요. 그냥 훌륭한 연극의 멋진 결말처럼 느껴져요. 그 연극에는 그리스 비극처럼 소름 끼치는 아름다움이 모두 들어 있는 것 같거든요. 그 연극에서 저도 중요한 역할을 맡았지만 결코 상처를 입지 않았어요."

"흥미로운 논점이군."

헨리 경은 젊은이의 무의식적인 자기중심주의를 건드리며 격렬한 쾌감을 얻었다.

"대단히 흥미로운 논점이야. 그것에 대해 올바른 해석은 이러하네. 종종 인생에서의 진짜 비극은 너무나 비예술적인 형태에서 발생하죠. 거친 폭력성, 모순투성이의 비논리성, 말도 안 되는 의미 결여, 품격이라고는 찾아볼 수 없는 천박함 때문에 우리가 상처를 받는 거야. 저속함이 우리에게 영향을 미치는 것처럼 비극도 똑같아. 그런 일들이 폭력적이라는 인상을 주기 때문에 우리가 그것에 반발하는 거지. 하지만 때때로 우리가 사는 동안 아름다운 예술적 요소를 지닌 비극이 찾아 올 때도 있지. 만일 이러한 아름다움의 요소가 현실적인 것일 때 그 비극적인 일이 우리에게 바로 효과를 주는 거죠. 그러면 어느 순간에 우리는 배우가 아니라 관객이라는 생각을 하게 되는 거야. 아니면 둘 다 될 수도 있고. 우리가 자신을 지켜보게 되고 놀라운 광경에 빠져들게 되는 거야.

이번 일도 마찬가지야. 실제로 일어난 일은 뭔가요? 자네를 열렬히 사랑한 한 사람이 스스로 목숨을 끊은 것이지. 나도 그런 경험을 한 번쯤 해보았더라면 좋았을 텐데. 그런 경험을 했다면, 나는 남은 인생 내내 사랑을 사랑했을 거야. 나를 흠모한 사람들, 많지는 않아도 몇 사람은 있었지. 그들은 내가 더 이상 그들을 좋아하지 않게 되거나 그들이 나를 좋아하지 않게 된 후에도 변함없이 잘 살아가더군. 그들은 이제 뚱뚱하고 따분한 여자들이 되었지만 나를 만날 때는 당장에 옛 추억으로 빠져들곤 하지. 여자의 기억력이란 무섭지! 정말 여자들의 기억력은 가공할 만해!

그런데 지적인 면에서는 바닥을 보이니! 인생의 다양한 색채는 받아들이는 것이 좋지만 세세한 것들까지 기억해서는 안 된다네. 세세한 것들은 항상 천박하니까 말이야."

"정원에 양귀비 씨를 뿌려야겠어요."

도리언이 한숨을 쉬며 말했다.

"그럴 필요까지야."

헨리 경이 대답했다.

"인생이란 언제나 두 손에 양귀비꽃을 들고 있다네, 물론 이따금 오래도록 머무는 것도 있지. 나도 한때 그런 적이 있었네. 한 계절 내내 제비꽃을 달고 다녔지. 결코 잊을 수 없는 사랑을 추억하겠노라는 예술적 표현이었네. 하지만 결국 그 낭만적인 사랑도 끝나고 말았지. 무엇이 그 로맨스를 죽인 것인지는 기억나지 않아. 아마 나를 위해서는 모든 걸 희생하겠다는 그녀의 구혼 때문이었을 거야. 그런 말을 듣는 순간은 언제나 끔찍하지. 영원에 대한 공포가 온몸을 휘어잡았지. 음, 당신은 믿을 수 있으려나? 일주일 전에 햄프셔 부인의 만찬에 참석했을 때 바로 그 문제의 여인이 내 옆자리에 앉게 된 거야. 그녀는 과거일을 자꾸 들추어내고 미래를 파고들며 모든 얘기를 다시 반복해서 떠들어대더군. 나는 이미 내 사랑을 아스포델 꽃밭에 묻었는데 그녀가 자꾸 그걸 파서 내가 자신의 인생을 망쳤다고 확인시켜 주는 거야. 그녀가 그날 엄청 먹어 댔다는 얘기도 들려줘야겠군. 그걸 보니 안심이 되더란 말이야. 그 모습이 정말 몰상식해 보였거든. 과거의 한 가지 매력은 그것이 지나간 일이라는 거야. 하지만 여자들은 언제 막을 내린지도 모르지. 언제나 여섯 번째 막을 원해. 연극의 감흥이 완전히 사라졌는데도 자꾸 계속하자고 제안하는 꼴이야. 만일 그들이 원하는 대로 그걸 다 들어주면 희극은 비극으로 끝나고, 비극은 전부 코미디로 끝나고 말 거야. 여자들은 자기 자신을 매력적으로 꾸밀 줄 알면서도 예술적 감각은 없어. 그래도 자네는 나보다는 운이 좋아. 도리언, 감히 말하지만 내가 만났던 여자들 중에 시빌 베인이 당신을 위해 한 것처럼 나를 위해 그렇게 해줄 여자는 없었네. 보통 여자들은 자기 자신을 위로하는 일에만 신경을 쓰지. 그들 중 일부는 감상적인 색깔을 찾아다니며 스스로를 위로하기도 하지. 그리고 신뢰하지 말아야 할 여자가 있어. 바로 나이와 상관없이 연한 자주색 옷을 입고 다니는 여자와 서른다섯 살이 넘었는데도 분홍색 리본을 좋아하는 여자들이야. 그런 여자들은 항상 과거가 있다는 뜻이거든. 또, 어떤 여자들은 갑자기 자기 남편에게서 좋은 점을 발견하는 걸로 위안을 얻기도 하지. 그게 가장 매혹적인 죄라도 되는 것처럼 남들 앞에서 부부애를 과시하곤 하지. 반면에 종교에서 위안을 찾는 여자들도 있네. 예전에 알던 여자는 종교의 신비로움 속에 연애의 온갖 매력이 깃들어 있다고 말했었지. 난 그 말뜻을 이해할 수 있어. 그리고 '당신이 죄인이오.'라는 말을 듣는 것처럼 인간을 헛되게 만드는 건 없어. 양심은 우리 모두를 이기주의자로 만들지. 아무튼 현대 생활에서 여자들이 찾는 위로들은 사실상 끝이 없어. 하지만 난 가장 중요한 위로에 대해서는 아직 말하지 않았네."

"해리, 그게 뭔데요?"

도리언이 무관심한 태도로 물었다.

"아주 확실하게 위로받는 방법인데, 바로 자기 애인을 빼앗겼을 때 다른 사람의 애인을 뺏는 거야. 상류사회 여자들은 항상 그런 식의 속임수를 쓰지. 하지만 도리언, 시빌 베인은 우리가 아는 흔한 여자들과는 정말 다른 여자였던 게 분명해. 그녀의 죽음이 나에게는 뭔가 아름다운 일처럼 여겨지는군. 그런 놀라운 일이 일어나는 시대에 살고 있다는 게 흐뭇하네. 그런 일들은 로맨스나 정열, 사랑 따위처럼 우리가 막연하게 마음속에 품고 있는 것들이 실제로 존재한다고 믿게 해 주거든."

"저는 그녀에게 너무 잔인하게 대했어요. 당신은 그걸 잊고 있군요."

"내가 볼 땐 여자들은 잔인함, 노골적인 잔인함을 좋아하는 것 같네. 여자들은 놀라울 정도로 원시적인 본능을 가지고 있네. 우리가 여자들을 해방시켰지만 그들은 여전히 주인을 찾는 노예로 남길 원해. 지배당하기를 좋아한다니까. 자네의 잔인한 행동은 분명히 멋지게 보였을 거야. 나는 자네가 심하게 화를 내는 걸 못 봤지만 상상할 수는 있네. 그리고 어쨌든 당신이 그제 했던 말이 그저 공상이려니 했는데 이제 보니 다 사실이었군. 바로 거기에 이 일에 대한 열쇠가 있네."

"해리, 그게 뭐죠?"

"자네가 말했지. 시빌 베인은 당신에게 모든 로맨스의 여주인공 같다고. 어느 날은 데스데모나가 되었다가 다른 날에는 오필리어가 되고, 또 줄리엣으로 죽었다가 이모겐으로 소생한다고 말했었잖아?"

"이젠 그녀는 다시 살아나지 못해요."

젊은이는 두 손으로 얼굴을 감싸며 중얼거렸다.

"그래, 그녀는 결코 다시 살아나지 못하지. 그녀는 마지막 배역을 끝낸 거야. 하지만 초라한 분장실에서 외롭게 죽은 것을 그저 제임스 1세 시대 비극의 기이하고 음산한 장면으로, 웹스터나 포드, 시릴 터너의 작품에 등장하곤 하는 놀라운 장면 정도로만 생각해야 하네. 그 소녀는 실제로 살아 있었던 적이 없었지. 그러나 실제로 죽은 것도 아니야. 적어도 그녀는 당신에게 언제나 꿈같은 존재, 셰익스피어의 희곡 속을 드나들며 희곡들을 더 아름답게 만들어 준 환영, 셰익스피어의 음악을 더 풍부하게 들려준 갈대 피리였네.

그러니까 그런 그녀가 실제 삶을 만나는 순간 삶을 망가뜨렸고, 삶도 그녀를 망가뜨린 거지. 그래서 그녀는 세상을 떠난 거야. 정 원한다면 오필리아의 죽음을 애도하게. 코딜리어가 목매달려 죽었으니 당신 머리에 재를 뿌리게. 브라반시오의 딸 데스데모나가 죽었으니 하늘을 향해 절규하게나. 하지만 시빌 베인 때문에 눈물을 낭비하진 말게. 그녀는 셰익스피어 희곡 속에 나오는 여주인공

들보다 더 현실성이 없는 여자였으니까."

침묵이 이어졌다. 저녁이 되자 방 안이 어둑어둑해졌다. 정원에서 방 안으로 은색의 두 발을 가진 그림자들이 소리도 없이 기어들었다. 사물도 지쳐 서서히 색깔을 잃어갔다.

시간이 더 흐른 뒤 도리언 그레이가 고개를 들었다.

"해리, 저에 대해 잘 설명해 주셨군요. 당신이 해준 말들은 나도 전부 느끼고 있었지만 왠지 그 느낌이 두려웠어요. 겁이 나서 자신에게도 설명할 수가 없었어요. 어쩌면 나에 대해 그렇게 잘 알죠! 하지만 이번 일에 대해서는 다시 이야기하지 말죠. 나에게도 놀라운 경험이었어요. 그게 다예요. 인생이 여전히 나를 위해 이런 놀라운 일을 준비해 놓고 있을지 의문이에요."

"도리언, 자네에게는 그런 일들이 많이 기다리고 있어요. 그 빼어난 외모로 자네가 하지 못할 일은 없네."

"하지만 해리, 나도 초췌해지고 주름이 질 텐데요. 그땐 어떻게 하지요?"

"아, 그땐……."

헨리 경이 가려고 일어서면서 말했다.

"이보게, 도리언, 그때는 승리를 위해 싸워야만 할 거야. 사실상 지금은 가만히 있어도 승리가 자네를 찾아오지. 아니, 자네는 반드시 그 멋진 외모를 간직해야만 해. 우리는 현명하기에는 너무 많은 책을 읽고, 아름답기에는 너무 많은 생각을 하는 시대에 살고 있네. 우리에겐 자네가 꼭 필요해. 자, 이제 옷을 입고 함께 클럽에 가는 것이 좋겠군. 사실 우린 좀 늦었어."

"해리, 이따가 오페라극장에서 만나는 게 좋겠어요. 난 너무 지쳐서 아무것도 못 먹겠어요. 여동생 분의 관람석 번호가 어떻게 되지요?"

"아마 27번일 거야. 그랜드 티어 좌석 정면에 있는 객석인데 문 앞에서 그 애 이름을 볼 수 있을 거야. 함께 저녁을 못 먹는다니 아쉽군."

"저녁 생각은 없어요. 하지만 당신이 해 준 말은 정말 고마워요. 당신은 정말 좋은 친구예요. 당신만큼 나를 이해해 주는 사람은 아무도 없었어요."

"도리언, 우리의 우정은 이제 시작이일 뿐이네. 그럼 가

보겠네. 9시 30분이 되기 전에 봤으면 좋겠네. 패티가 노래할 예정이라는 것도 잊지 말고."

헨리 경이 도리언과 악수하며 말했다.

도리언 그레이는 문을 닫고 종을 울렸다. 그러자 잠시 후 빅터가 램프를 들고 들어와 블라인드를 내렸다. 도리언은 그가 나가기를 초조하게 기다렸다. 하인은 무슨 일이든 시간을 질질 끄는 것만 같았다.

빅터가 나가자마자 도리언은 그림 앞으로 황급히 달려가 장막을 걷었다. 변한 것이 없었다. 그림에는 더 달라진 것이 없었다. 그가 시빌 베인의 소식을 듣기도 전에 초상화는 이미 그 일을 알고 있었던 것이 분명했다. 초상화는 인생에서 그에게 일어나는 사건들을 순간순간 느끼고 있었다. 초상화의 아름다운 입술선이 일그러진 것은 소녀가 어떤 종류건 간에 독약을 마신 그 순간에 나타난 것이 틀림없었다. 아니, 이 초상화가 벌어진 결과와는 아무 상관이 없는 것은 아닐까? 단지 영혼 안에서 스치는 것을 인지한 걸까? 그는 궁금했다. 언젠가는 변하는 그 순간을 눈으로 직접 볼 수 있기를 바라면서 그런 생각을 했다는 사실에 몸서리쳤다.

불쌍한 시빌! 정말 얼마나 멋진 로맨스였던가! 그녀
는 자주 무대 위에서 죽음을 연기하곤 했다. 그래서 사신
이 그녀에게 덮쳐 그녀를 데리고 갔다. 그녀는 그 무시무
시한 마지막 장면을 어떻게 연기했을까? 죽어 가면서 그
를 저주했을까? 아니, 그녀는 그에 대한 사랑 때문에 죽었
던 것이다. 그러니 사랑은 이제 그에게 바치는 영원한 성
찬이 될 것이다. 그녀는 자신의 생명을 바침으로써 모든
죄를 씻었다. 그는 극장에서의 그 끔찍한 밤에 그녀가 자
신에게 주었던 고통을 더 이상 생각하지 않기로 했다. 그
녀를 생각하면 사랑이라는 실체를 보여 주기 위해 이 세
상이라는 무대에 보내진 경이로운 비극적인 인물 같았다.
경이로운 비극적 인물이라? 그녀의 어린아이 같은 표정,
사람을 끄는 매력, 부끄러움을 타고 겁이 많던 우아한 모
습을 떠올리자 눈물이 왈칵 쏟아졌다. 그는 급히 눈물을
닦고 다시 그림을 바라보았다.

정말로 선택해야 할 시간이 다가온 것만 같았다. 아니
면 그런 선택은 이미 끝난 것인가? 그렇다. 인생은 이미

그를 위해, 그의 인생과 삶에 대한 무한한 호기심을 위해 이미 결정을 해놓았던 것이다. 영원한 젊음과 무한한 열정, 은밀한 쾌락, 미칠 듯한 기쁨과 거칠 것 없는 죄악, 이 모든 것을 소유할 것이다. 그의 치욕스러운 모든 것들은 초상화가 모두 가져갈 것이다. 이것이 선택이었다.

캔버스 위의 아름다운 얼굴에 그려질 더러움을 생각하니 마음이 아파왔다. 한때는 소년처럼 나르시스를 흉내 내며 그림 위에 키스를 하곤 했었다. 아니 키스하는 시늉을 했다. 그런데 지금은 그 입술이 자신을 보며 잔인한 미소를 짓고 있다. 매일 아침 그는 초상화 앞에 앉아 아름다움에 감탄하면서 가끔은 완전히 반하기도 했었는데 이제는 그의 기분에 따라서 초상화가 변할 거라니! 이제 곧 기괴하고 역겨운 모습이 될 텐데 잠긴 방 안에 두어야 하지 않을까? 물결이 치는 것 같은 머리카락을, 가끔씩 더욱 반짝이는 황금빛으로 물들인 햇빛마저 들지 않게 해야 하는 것일까? 안타까운 일이다. 너무 안타까운 일이다.

한동안 그는 자신과 그림 사이에 존재하는 소름 끼치는 교감이 끝나기를 기도해 볼까도 생각했다. 그 그림은 기도에 응답해서 변한 것이었다. 그러니 어쩌면 기도에 대한 응답으로 더는 변하지 않을지도 모른다. 하지만 그 기회가 아무리 공상적이라 하더라도, 아무리 파멸적인 결과가 뒤따른다 할지라도, 인생에 대해 조금이라도 아는 사람이라면 영원히 젊음을 유지할 기회를 누가 마다할까? 게다가 그림이 정말 그의 통제에 따르는 걸까? 정말로 기도로 자신을 대신할 그림이 생긴 걸까? 혹시 이 모든 일에 어떤 신기한 과학적인 이유가 있는 것은 아닐까? 생각이 살아 있는 유기체에 영향을 끼칠 수 있다면 생명이 없는 무생물에도 영향을 미칠까? 아니, 생각이나 의식적 욕망 없이도 우리의 외부에 존재하는 사물들이 우리의 기분과 정열에 반응해서 서로 진동하며 친화력이나 비밀스런 애정으로 원자를 부르는 것은 아닐까? 하지만 그 이유가 뭐든 간에 다시는 기도를 해서 무시무시한 힘을 부르는 일 따위는 하지 않을 것이다. 만일 이 그림이 처음부터 변할 예정이었다면 변할 수밖에 없는 것이다. 그뿐이다. 왜 구태여 면밀히 조사해야 한단 말인가!

초상화를 그저 감상하는 것만으로도 진정한 기쁨을 느

낄 수 있을 것이다. 자신의 마음을 따라 비밀스런 곳까지 들어갈 수 있을지도 모른다. 이 초상화는 마술 같은 거울이 되어 몸을 보여 주듯 영혼도 보여 줄 것이다. 초상화에 겨울이 닥쳤을 때도 그는 여름의 문턱에 봄이 전율하는 그 자리에 여전히 서 있을 것이다. 초상화의 얼굴에 홍조가 사라지고 게슴츠레한 눈에 창백한 모습만 남았을 때도 그는 여전히 소년 시절의 매력을 간직하고 있을 것이다. 그의 사랑스런 꽃은 한 송이도 시들지 않고 생명의 맥박은 결코 약해지지 않을 것이다. 그리스 신들처럼 강하고 빠르고 즐겁게 살 수 있을 것이다. 캔버스 위에 채색한 얼굴에 어떤 일이 생기든 무슨 상관이란 말인가! 그는 안전할 것이다. 바로 그게 바로 가장 중요한 점이었다.

그는 웃으면서 원래대로 그림 앞에 장막을 쳤다. 그리고 하인이 기다리고 있는 침실로 향했다. 한 시간 후에 그는 오페라극장에 도착했고 헨리 경은 자신의 의자에 몸을 기대고 앉아 있었다.

2권에 계속